G. R. Cappello
lebt mit seiner Familie in Süddeutschland. Dort arbeitet er als Jurist und Autor. Am liebsten schreibt er Abenteuer- und Detektivgeschichten für Kinder.

G. R. Cappello

CLUB PARADISO

Das Amulett des Sonnengottes

SCHNEIDER BUCH

Die Deutsche Bibliothek – CIP-Einheitsaufnahme

Club Paradiso. – München : Egmont Schneider, 1999

Bd. 2. Das Amulett des Sonnengottes / G. R. Cappello. – 1999
ISBN 3-505-11120-1

Dieses Buch wurde auf chlorfreies,
umweltfreundlich hergestelltes
Papier gedruckt. Es entspricht den
neuen Rechtschreibregeln.

Der Schneider Verlag im Internet:
http://www.schneiderbuch.de

Nach einer Idee von Michael Czernich
Lektorat: Iris Praël
Umschlaggestaltung: Lüders & Baran, München
Titelbild: Thomas Thiemeyer
Herstellung/Satz: FIBO Lichtsatz GmbH, Unterhaching
Schrift: 11' Aldus
Druck: Presse-Druck, Augsburg
Bindung: Conzella Urban Meister, München-Dornach
ISBN 3-505-11120-1

99 00 / 8 7 6 5 4 3 2 1

INHALT

ÄRGER MIT DEM ZOLL

Die Boeing 767 der ägyptischen *Pharao-Air* fuhr mit stetig steigender Geschwindigkeit über die Rollbahn. Schließlich richtete sich die Schnauze des Flugzeugs nach oben, und es überwand, dank der Energie seiner gewaltigen Düsentriebwerke, die Kraft der Erdanziehung. Sekunden später stieg es in den blauen Himmel.

Marko, Jennifer und Andrea hatten Sitzplätze in der Mittelreihe auf Höhe der Flügel.

„Ich finde es ganz toll von euren Eltern, dass sie euch mit mir nach Ägypten fliegen lassen", sagte Andrea, zu Marko und Jennifer gewandt. Seit einiger Zeit arbeitete sie als Animateurin im *Club Paradiso.* So konnte sie Verwandten und Freunden kostengünstige Ferienaufenthalte in den verschiedenen Clubs verschaffen. Jennifer und Marko hatten zusammen mit Andrea schon eine aufregende Zeit auf Mallorca verbracht, wo sie, statt faul am Pool zu liegen, einen Entführungsfall hatten aufklären müssen.

„Als dein Fax mit der Einladung ans rote Meer kam", berichtete Marko, „waren Jennifer und ich total von den Socken. Wir haben uns so gefreut, dass wir nicht mit unseren Eltern in den Pfingstferien an den Gardasee fahren mussten."

Der Gardasee war seit vielen Jahren das beliebte Ferienziel der Familie Heimberger. Campingurlaub pur war dort angesagt, eine Urlaubsart, die Jennifer und Marko zum Gähnen langweilig fanden.

Die Flugzeit bis zum Reiseziel Hurghada in Ägypten betrug fast fünf Stunden, das hatte ihnen der Flugkapitän kurz nach dem Abflug mitgeteilt. Eine Zeitspanne, die man in der geräumigen Maschine gut aushalten konnte.

„Bin mal gespannt, was es zu futtern gibt", meinte Marko, erhob sich etwas von seinem Sitz und hielt nach den Stewardessen Ausschau. Es war merkwürdig, auf jeder Reise überfiel ihn schon nach kurzer Zeit ein ungeheueres Hungergefühl. Vielleicht lag das an der dünnen Luft?

Jennifer verzog das Gesicht. An Essen durfte sie gar nicht denken. Beim Fliegen wurde ihr nämlich oft übel. Zu Andrea gewandt, fragte sie: „Werden wir eigentlich auch die Pyramiden sehen?"

Andrea blickte von ihrer Zeitung auf. „Von Luxor, wo das berühmte Tal der Könige liegt, sind wir ein ganzes Stück entfernt. Die Pyramiden von Gizeh befinden sich in der Nähe von Kairo, also noch weiter weg. Der Club bietet zwar Ausflüge dorthin an, aber da kann ich euch leider nicht mitlassen. Ich müsste euch nämlich begleiten, und das geht nicht, weil ich den ganzen Tag arbeite."

„Mir ist es sowieso lieber, wenn wir mal so richtig schnorcheln können und nicht ständig in der Landschaft herumkurven müssen", meinte Marko.

„Ich würde aber trotzdem gerne mal auf einem Kamel reiten", beharrte Jennifer.

Andrea lachte.

Als das Essen verteilt wurde, verspürte Jennifer immer noch keinerlei Appetit. Sie nahm einige lustlose Bissen von einem Partybrötchen, das es als Beilage gab, alles andere ließ sie stehen.

Andrea warf ihr einen prüfenden Blick zu. „Willst du nicht doch ein bisschen von dem Hühnchen probieren?“, fragte sie fürsorglich.

Das Mädchen schüttelte den Kopf. „Ich werde versuchen, ein wenig zu schlafen“, erklärte sie. Es dauerte nicht lange, und sie war eingeschlummert.

Marko, der in null Komma Nichts sein Tablett leer geputzt hatte, schielte über Andrea hinweg auf Jennifers Essen.

Wortlos reichte sie ihm das Tablett herüber. „Da, nimm schon, du Vielfraß!“, flüsterte sie.

Marko ließ sich kein zweites Mal bitten.

Der Action-Film, den Andrea und die Geschwister über einen Videomonitor verfolgt hatten, war gerade zu Ende, als die Stimme des Flugkapitäns aus dem Lautsprecher ertönte: „Sehr geehrte Fluggäste, wir erreichen in Kürze den Flughafen Hurghada. Hier noch einige Informationen: Dort ist es sonnig und heiß. Im Augenblick beträgt die Temperatur zweiunddreißig Grad im Schatten. Falls Sie es noch nicht getan haben, sollten Sie jetzt Ihre Uhren um eine Stunde vorstellen, damit Sie die Ortszeit haben.

Unsere Crew teilt Ihnen jetzt Zollformulare aus. Bitte beantworten Sie alle Fragen sorgfältig, damit Sie bei der Zollkontrolle keine Schwierigkeiten bekommen. Nach der Landung erwartet sie ein Shuttlebus, der Sie zur Flughalle bringt. Haben Sie bitte Verständnis dafür, dass die Kontrollen am Zoll sehr genau durchgeführt werden, da man in Ägypten wegen einiger Anschläge in der Vergangenheit zum Schutze der Touristen sehr auf Sicherheit achtet. Und jetzt möchte ich Sie noch bitten, Ihre Rückenlehnen in aufrechte Stellung zu bringen. Bitte schnallen Sie sich an und stellen Sie das Rauchen ein. Im Namen der *Pharao-Air* danke ich Ihnen für Ihr Vertrauen, wir würden uns freuen, Sie bald wieder als unsere Passagiere an Bord begrüßen zu dürfen. Kapitän Yullabash und seine Crew verabschieden sich von Ihnen und wünschen Ihnen einen angenehmen Aufenthalt in Ägypten." Mit einem leisen Knacken verstummte der Lautsprecher.

Jennifer atmete auf. Jetzt kam nur noch die Landung, dann hatte sie es überstanden. Sie zog den Gurt fest an.

Der Landeanflug verlief reibungslos. Schließlich zeigten ein ziemlich heftiger Ruck und dic im Bremsschub aufheulenden Triebwerke an, dass sie aufgesetzt hatten.

Nachdem sie wieder festen Boden unter den Füßen hatte, war Jennifer wieder ganz die Alte. Neugierig spähte sie zum Fenster hinaus, um einen Blick auf die Landschaft zu erhaschen. Ihren alten Fotoapparat trug sie griffbereit an einem Lederriemen um den Hals. Sie hatte sich vorgenommen, in Ägypten ein paar tolle Schnappschüsse zu machen.

„Jetzt mach schon!", brummelte Marko und gab ihr einen leichten Schubs mit dem Ellbogen.

Im Flugzeug herrschte allgemeine Aufbruchstimmung. Als sich die Schlange der Reisenden dem Ausgang des Flugzeugs näherte, spürten die drei bereits die Hitze, die von draußen hereinkam. In Deutschland hatte die Temperatur neunzehn Grad betragen. Hier war es im Mai fast doppelt so heiß.

„Bin ich froh, dass ich meine Khaki-Shorts angezogen habe", ächzte Jennifer, als sie die Gangway betraten, und blinzelte in die Sonne.

Der erste Eindruck vom Flughafen Hurghada war enttäuschend. Die Halle war ein großer Betonbau, der am Rande des Flugfeldes stand.

Während die Passagiere in den Shuttlebus stiegen, der sie zum Zoll brachte, konnte Marko beobachten, dass im hinteren Teil der Boeing ihr Gepäck auf kleine Wagen verladen wurde. Die Männer, die diese Arbeit verrichteten, gingen dabei nicht gerade sanft mit Koffern und Taschen um. Ein elektrischer Karren zog die Schlange aus acht Gepäckwagen zur Flughalle.

Nachdem sie den stickigen Bus verlassen hatten, ging es durch schlichte Arkaden zur Zollkontrolle. Den drei Reisenden fielen sofort die zahlreichen bewaffneten Männer in Uniform auf, die, gleichmäßig über den Raum verteilt, die Menschenmenge beobachteten.

Jennifer zückte schon ihre Kamera.

„Das würde ich hier lieber sein lassen", riet Andrea. „Die Sicherheitskräfte könnten auf fotografierende Touristen unfreundlich reagieren."

Das Mädchen zog einen Schmollmund, senkte aber das Objektiv wieder.

Nun gingen die drei ihr Gepäck holen. Es erwartete sie kein Rollband, sondern ein riesiger Berg gestapelter Koffer, um den herum großes Gedränge herrschte.

Jennifer und Marko gelang es, zwischen den Erwachsenen hindurchzuschlüpfen, und wenig später tauchten sie mit ihren Rucksäcken und Andreas Gepäck wieder aus dem Gewühl auf. Ein bewaffneter Polizist wies ihnen den Weg zur Zollkontrolle.

Hier mussten die Passagiere an zwei parallel ausgerichteten, kniehohen Theken vorbeilaufen, hinter denen die Beamten standen; auf der einen Seite wurden die ankommenden, auf der anderen die abreisenden Fluggäste kontrolliert. Alle Leute mussten Koffer und Taschen öffnen, damit sich der Zöllner davon überzeugen konnte, dass sich nichts Gefährliches darin befand.

Kurz bevor Andrea und die Geschwister an der Reihe waren, wurden sie Zeugen eines heftigen Wortwechsels in der Warteschlange gegenüber.

„Was soll denn das?“, rief ein Mann empört auf Deutsch. „Ich habe diesen Anubis nicht in mein Gepäck getan! Was fällt Ihnen ein!“

Alle Wartenden reckten neugierig die Hälse. Die Abfertigung kam sofort zum Stillstand, weil die Zöllner sich ebenfalls umdrehten.

Einer der Beamten auf der anderen Seite sagte etwas auf Arabisch, dann in schlechtem Englisch.

„Ich verstehe Sie nicht", rief der Mann, der nun von mehreren Zöllnern umringt war. „Gibt es denn hier niemanden, der meine Sprache versteht? Ich habe keine Ahnung, wie diese Figur in mein Gepäck gekommen ist."

In diesem Augenblick näherten sich der Gruppe bereits zwei bewaffnete Soldaten.

Andrea überlegte nicht lange. Sie tippte den vor ihr stehenden Zöllner auf die Schulter. Der drehte sich herum und sah sie verwundert an.

„Ich bin Deutsche und spreche auch ganz gut Englisch", erklärte sie dem Mann in englischer Sprache. „Ich würde gerne für den Herrn da drüben dolmetschen."

Der Beamte gab seinem Kollegen gegenüber ein Zeichen und sagte zu Andrea: „Kommen Sie bitte mit. Ihr Gepäck können Sie mitnehmen."

Andrea und die Geschwister wurden durch eine Öffnung im Tresen eingelassen und zu der Gruppe geführt. Mittlerweile hatte man den Mann ebenfalls hinter die Absperrung gebracht, damit die Abfertigung der übrigen Passagiere weitergehen konnte.

Jennifer und Marko hielten sich dicht an Andrea. Die vielen Uniformen und die Männer, die sich erregt in einer Sprache unterhielten, die sie nicht verstanden, das alles verunsicherte die beiden etwas.

„Ach, Gott, was bin ich froh!", seufzte der Mann, als Andrea sich vorstellte. „Mein Name ist Gottfried Sauer. Sie können sich ja gar nicht vorstellen, was das für ein Gefühl ist, wenn man Ärger mit der Polizei hat und die Landessprache nicht beherrscht. Ich habe hier meinen Urlaub verbracht, und nun haben die Zöllner in meinem Koffer diese Anubisfigur gefunden. Soviel ich verstanden habe, glauben sie, ich wollte diese Antiquität aus Ägypten herausschmuggeln. Bitte, helfen Sie mir, ich bin völlig unschuldig!" Der Mann wischte sich die Schweißperlen von seiner hohen Stirn. Er war etwas dicklich und trug Shorts. Er machte wirklich nicht den Eindruck eines kaltblütigen Schmugglers.

„Können wir bitte ins Büro gehen?", sagte einer der Zöllner auf Englisch; Herr Sauer, Andrea und die Geschwister folgten ihm gehorsam.

„Wer oder was ist eigentlich dieser Anubis?",

fragte Jennifer Andrea, während sie die Flughalle durchquerten.

„Das ist ein altägyptischer Gott. Er war der Hüter der Totenstadt und wird immer in der Gestalt eines Menschen mit einem Schakalkopf dargestellt."

„Ziemlich grausig", erwiderte Jennifer.

Das Zollbüro war nicht sonderlich gemütlich. Die Luft war abgestanden, obwohl auf dem alten Schreibtisch ein Ventilator summte.

Die Erwachsenen nahmen auf klapprigen Stühlen Platz. Die Anzahl der Beamten hatte sich auf zwei plus die beiden Bewaffneten reduziert. Jennifer und Marko blieben hinter der Tür stehen.

Der ältere der beiden Beamten nahm hinter dem Schreibtisch Platz und sagte zu Andrea gewandt: „Bitte übersetzen Sie Herrn Sauer: Wir haben in seinem Koffer eine wertvolle Figur gefunden, die erst vor kurzem aus einem Museum gestohlen wurde. Der Anubis stammt aus einem Pharaonengrab und gehört dem ägyptischen Staat. Es ist streng verboten, solche Gegenstände heimlich ins Ausland zu bringen."

„Aber das wollte ich doch gar nicht!", regte

sich Herr Sauer auf. Nervös wischte er sich mit einem Taschentuch die Stirn. Händeringend beteuerte er: „Ich bin ein harmloser Tourist. Mehr nicht. Ich kenne mich mit Antiquitäten überhaupt nicht aus. Ich könnte mir solche Sachen auch gar nicht leisten!"

Andrea übermittelte das Gesagte.

Der Mann hinter dem Schreibtisch zuckte mit den Schultern. „Das sagen alle, die erwischt werden", meinte er trocken. „Wir übergeben Herrn Sauer jetzt der Kriminalpolizei, die feststellen wird, ob er unschuldig ist oder nicht. Er bekommt dort einen Dolmetscher gestellt. Außerdem verständigen wir die deutsche Botschaft in Kairo. Wenn er tatsächlich nichts verbrochen hat, muss er sich keine Sorgen machen."

Als Andrea ihm dies übermittelt hatte, war der Verhaftete ganz verzweifelt. „Was kann ich tun, damit die mir glauben?", stöhnte er.

„Jetzt bleiben Sie mal ganz ruhig", sagte Andrea. „Wenn Sie unschuldig sind, wird sich das schnell herausstellen. Die deutsche Botschaft wird sich bestimmt um Sie kümmern."

In diesem Augenblick trat einer der Bewaffneten nach vorne und nahm ein Paar Handschellen von seinem Gürtel. Mit einem metallischen Klicken schloss sich die eiserne Acht um die Handgelenke des unglücklichen Herrn Sauer. Mit gebeugten Schultern wurde er aus dem Raum geführt.

Der Zöllner bedankte sich bei Andrea für ihre Hilfe und fügte am Schluss seiner Rede noch hinzu: „Wahrscheinlich ist dieser Mann wirklich unschuldig. Wir hatten in der letzten Zeit häufiger den Fall, dass harmlose Touristen für den Schmuggel von Kunstgegenständen benutzt wurden, ohne dass sie es wussten."

Er hatte diesen Satz kaum beendet, als von draußen laute Stimmen hereindrangen. Der Zollbeamte runzelte die Stirn.

„Was ist da los?", fragte Marko. „Ist der Typ vielleicht abgehauen?"

Da ging die Tür auf, und ein Polizist kam herein. Er sagte einige Worte auf Arabisch, konnte aber nicht ausreden, weil sich ein Mann dicht hinter ihm hereindrängelte. Er trug die Landestracht, ein langes, bunt gestreiftes Gewand. Aufgeregt redete er auf den Beamten ein.

„Was ist denn jetzt schon wieder los?", fragte Jennifer, die endlich aus dem stickigen Raum herauswollte.

Der Zöllner verhandelte kurz mit dem ungebetenen Besucher und sagte dann zu Andrea: „Dieser Mann kommt vom *Club Paradiso,* um Sie abzuholen. Ich darf Ihnen einen angenehmen Aufenthalt am Roten Meer wünschen."

„Woher wusste er, dass wir hier sind?", fragte die junge Frau erstaunt.

Der Zöllner zuckte mit den Schultern. „Wenn es eine Verhaftung gibt, dann spricht sich das in Windeseile auf dem ganzen Flughafen herum."

„Was ist mit unserem Gepäck?", wollte Andrea wissen. „Muss es noch kontrolliert werden?"

Der Beamte winkte ab. „Das geht schon in Ordnung."

Als Andrea hinter dem Ägypter das Büro verließ, sah ihnen der Zollbeamte mit nachdenklicher Miene nach.

„Da versteh einer die Welt! Das Gepäck anderer Leute nehmen sie auseinander wie ein altes Auto, und bei uns winken sie nur ab", sagte Jennifer stirnrunzelnd und wischte sich die verklebten Haarsträhnen aus der Stirn. „Langsam fang ich an zu zerfließen!", stöhnte sie.

„Warte ab, bis wir am Roten Meer sind", tröstete Andrea ihre Nichte, „da ist es zwar auch heiß, aber es weht ständig eine erfrischende Brise."

Nun trat der Mann im langen Gewand auf sie zu und stellte sich vor: „Ich bin Ibrahim, der Fahrer vom *Club Paradiso*." Er sprach zwar ein gebrochenes, aber doch verständliches Deutsch. Dabei lachte er und zwinkerte den neuen Gästen verschmitzt zu, die ihn auf Anhieb sympathisch fanden. Ohne ein weiteres Wort zu verlieren, gab er den dreien einen Wink, ihm zu folgen.

Hinter dem Ägypter betraten sie die große Flughalle. Hier wimmelte es von Menschen aus aller Herren Länder. Angehörige arabischer Länder, gehüllt in die landesüblichen Kaftane, mischten sich unter die Europäer. Es herrschte ein lautes Stimmengewirr. Trotzdem wirkte alles irgendwie überschaubar. Hurghada war wirklich kein Großflughafen!

Marko machte eine entsprechende Bemerkung.

„Hurghada ist ein Ort, der speziell für Touristen gebaut wurde", erklärte Andrea, während sie ihren Koffer auf Rollen hinter sich herzog.

„Es hat mit einer normalen ägyptischen Stadt nicht viel gemeinsam."

In diesem Augenblick blieb Ibrahim stehen und sagte: „Wartet bitte hier, ich bin gleich zurück." Und schon war er im Menschengewühl verschwunden.

„Was soll das nun wieder?", fragte Marko nervös. Er verspürte das dringende Bedürfnis nach einem kühlen Schluck.

Andrea zuckte mit den Schultern. „Wir werden wohl warten müssen."

„Wir könnten uns ja eine Cola kaufen", schlug Jennifer vor. Marko war sofort einverstanden. Er hatte einen der rotweißen Automaten entdeckt, die wohl auf allen Flughäfen dieser Welt gleich aussehen und alle dasselbe Getränk enthalten.

„Hast du mal ein paar Piaster?", fragte Marko, der versuchte, die mehrsprachige Aufschrift auf einer Plakette neben dem Münzschlitz zu entziffern.

Andrea stieß einen Seufzer aus. „Tut mir Leid, Freunde. Unsere Abkühlung muss noch etwas warten. Ich habe nur einige ägyptische Pfundnoten dabei. Man darf ja nur einen kleinen Betrag in einheimischer Währung einführen. Vielleicht sollte ich schnell in eine Wechselstube gehen. Dort kann ich noch etwas Geld umtauschen und mir dabei Münzgeld besorgen." Sie hatte ihren Satz kaum beendet, als sie hinter sich eine raue Stimme hörte.

„Change Money, Miss? Very good price!"

Unbemerkt hatte sich ihr ein Ägypter genähert. Genau wie Ibrahim trug er eine Galbija. Auf dem Kopf hatte er einen gemusterten Filzhut, eine flache, topfartige Kopfbedeckung. Auf seinem Gesicht zeigte sich ein breites Grinsen, das seine gelben, teilweise schadhaften Zähne bloßlegte.

„Dollars? German Marks? Good price! Yussuf has the best prices here", erklärte er in holperigem Englisch, das nur schwer zu verstehen war. In der Hand hielt er eine Rolle mit ägyptischen Geldscheinen.

Während Andrea noch überlegte, wie sie den Geldwechsler abwimmeln konnte, tauchte Ibrahim wieder aus der Menge auf. Mit einem Blick hatte er die Situation erfasst. Heftig fuhr er den Geldwechsler in der Landessprache an. Der verlor schlagartig seine Freundlichkeit und giftete zurück. Der Wortwechsel wurde schnell sehr heftig, bis der Mann vom Club ein paar

Mal laut und heftig „Yallah, Yallah! Hau ab!", rief, was die Aufmerksamkeit eines der in der Nähe stehenden Polizisten erregte. Der schlenderte langsam näher.

Als der Geldwechsler das sah, zischte er einige Worte, die sicher keine Glückwünsche waren, dann eilte er davon. Der Polizist blieb einfach stehen.

Marko hatte beim Anblick der Maschinenpistole, die der Polizist umhängen hatte, ein merkwürdiges Gefühl im Magen. Sie erinnerte ihn an die Verhaftungsszene an der Zollkontrolle. Wie sich Herr Sauer im Augenblick wohl fühlen mochte? Marko war überzeugt, dass er unschuldig war.

Ibrahim riss ihn aus seinen Grübeleien. „Komm bitte mit!", forderte er Marko auf. Der Ägypter deutete zum Ausgang, dann eilte er voraus.

Vor dem Flughafengebäude empfing die Ankömmlinge ein unbeschreiblicher Lärm. Eine stattliche Zahl von Fahrzeugen aller Größen und Fabrikate manövrierte auf dem Parkplatz vor dem Flughafen oder verließ ihn gerade. Dabei schien sich keiner an irgendwelche Regeln zu halten. Kreuz und quer kurvten die teilweise altertümlich anmutenden Wagen über die gut ausgebaute Straße. Das einzige und anscheinend allgemein respektierte Verständigungsmittel schien die Hupe zu sein. In allen Klangschattierungen und Tonhöhen erklangen diese Instrumente und vermischten sich zu einer unbeschreiblichen Lärmkulisse.

Die drei Reisenden waren im ersten Augenblick wie erschlagen und schenkten deshalb ihrer Umgebung kaum Aufmerksamkeit. Auf dem Gelände gab es ausgedehnte Grünanlagen, die von unzähligen Rasensprenklern bewässert wurden. Zahlreiche Palmen, meist in Gruppen gepflanzt, verliehen dem Ganzen eine orientalische Atmosphäre.

Ibrahim marschierte indessen zielstrebig über den Parkplatz. Dabei beschimpfte er heftig die Autofahrer, die von rechts und links haarscharf an ihm vorbeibrausten.

Offenbar gehörte dieser Umgangston zum Alltag, denn keiner kümmerte sich ernsthaft um die Schreierei.

„Oh, Mann", stöhnte Markus, „das ist ja irre! Und ich dachte schon, damals auf Mallorca wäre auf den Straßen die Hölle los gewesen. Das hier ist wirklich das absolute Chaos!" Jennifer hielt sich dicht hinter ihm. Ständig fürchtete sie, eines der Autos würde sie rammen.

Wenig später blieb Ibrahim vor einem alten Kleinbus stehen. Schwungvoll öffnete er die Schiebetür und forderte seine Gäste auf einzusteigen. Doch die fanden das Innere des Wagens nicht besonders einladend: Die Polster waren zerschlissen und teilweise notdürftig geflickt. Außen war das Blech an vielen Stellen rostig und verbeult, die Reifen schienen abgefahren.

Die Klapperkiste hat bestimmt mindestens ein Vierteljahrhundert auf dem Buckel, dachte Marko.

Schicksalsergeben hievten die Neuankömmlinge ihr Gepäck in den Kofferraum, wo Ibrahim es zwischen zwei offensichtlich platten Ersatzreifen verstaute.

Nachdem sie eingestiegen waren, machte Ibrahim ein Zeichen. „Wartet!", verkündete er. Dann war er auch schon verschwunden.

„Schon wieder warten! Was soll das?", ärgerte sich Andrea und versuchte das Fenster mit Hilfe der ausgeleierten Kurbel herunterzulassen. „Dieser Ibrahim hat wirklich die Ruhe weg. Er parkt uns wie diesen alten Bus hier. Und die Hitze hier drinnen bringt einen fast um."

Es dauerte nicht lange, da kehrte Ibrahim mit zwei älteren Männern im Schlepptau zurück, die sich mit einer großen Kiste abmühten. Mit Schwung bugsierten sie das Ding auf die Ladefläche neben das Gepäck. Ibrahim hantierte noch etwas daran herum, dann schlug er die Tür wieder zu. Nach einem längeren Palaver drückte er jedem der beiden Träger einige Geldscheine in die Hand, dann gingen sie schleunigst davon.

„Hoffentlich fahren wir jetzt endlich ab", stöhnte Jennifer. Sie saß auf der mittleren Bank und hatte ihre Füße auf die Lehnen der Vordersitze gelegt.

„Viel Arbeit!", meinte Ibrahim grinsend und schwang sich hinters Steuer. Beim Anlassen erklang ein Furcht erregendes Orgeln, bis schließlich der Motor hustend zum Leben erwachte. Nach einer kräftigen Fehlzündung begann die Fahrt.

„Ein gutes Auto", stellte Ibrahim zufrieden fest.

„Schönen Gruß vom Getriebe, der Gang ist drin", kommentierte Marko halblaut die

Schaltkünste des Fahrers. Eines war klar: Wenn der Bus auch aussah wie eine alte Klapperkiste, der Motor musste kräftig frisiert sein.

Unter ständiger Betätigung der mehrtonigen Signalfanfare, die wie das Heulen einer wütenden Schakalmeute klang, quetschte sich der Kleinbus mutig in den fließenden Verkehr.

Was jetzt kam, war Abenteuer pur. Ibrahim musste irgendwann einmal einen Kurs für Rennpiloten mitgemacht haben. Jedenfalls fuhr er so, als befände er sich auf dem Nürburgring. Schon nach den ersten paar hundert Metern begann Jennifer hektisch nach dem Sicherheitsgurt zu tasten. Doch leider hatte man dieses Ausrüstungsteil eingespart.

Die eine Hand an der Hupe, die andere am Steuer, den einen Fuß auf dem Gaspedal, den anderen auf der Bremse, düste Ibrahim bester Laune durch das Zentrum von Hurghada. Marko hatte das Schiebefenster geöffnet, um wenigstens etwas Fahrtwind hereinzulassen. Der Junge war gefesselt von dem Verkehrsgewühl aus alten und modernen Fahrzeugen. Schicke Sportwagen waren ebenso vertreten wie klapprige Oldtimer. Das Tollste waren aber die mittelalterlichen, meist zweirädrigen Eselskarren, die von gleichmütigen Grautieren gezogen wurden, die die ganze Hektik rundherum überhaupt nicht zu stören schien. Die Karren hatten meist Holz oder andere Güter des täglichen Lebens geladen. Die Kutscher saßen auf der Fracht und trieben ihre Zugtiere mit heiseren Rufen voran. Dazwischen kämpften sich Fußgänger durch das Gewühl. Männer in Landestracht, mischten sich mit Passanten in europäischer Kleidung, dazwischen drängten sich immer wieder Touristen. Einheimische Frauen waren kaum zu sehen. Die meisten trugen Kopftücher und lange Kleider. Einige hatten ihr Gesicht hinter vorgehaltenen Tüchern verborgen. Viele balancierten Bündel mit Waren auf dem Kopf.

Jennifer hätte gerne fotografiert, wenn ihr nicht innerhalb weniger Minuten total übel geworden wäre. Kreidebleich klammerte sie sich am Vordersitz fest. Gegen diesen Fahrstil war Fliegen ja eine regelrechte Erholung! Rein vorsorglich tastete sie nach den Plastiktüten in ihren Beintaschen, die sie für den Fall der Fälle eingepackt hatte. Nach einiger Zeit wurde der Verkehr etwas schwächer. Sie passierten die Außenbezirke von Hurghada.

Plötzlich bremste Ibrahim so heftig, dass alle Insassen des Wagens einen Ruck nach vorne machten. Die Ursache für dieses Bremsmanöver war deutlich sichtbar. Dicht vor dem Kühlergrill versuchten ein Bauer und ein Junge eine widerspenstige Ziegenherde über die Fahrbahn zu treiben. Die meckernden Tiere dachten jedoch gar nicht daran, sich um das Geschrei der Hirten zu kümmern. Stattdessen blieben sie stehen und knabberten an Büschen herum, die zu beiden Seiten der Straße wuchsen.

Ibrahim beugte sich aus dem Fenster und ließ eine Schimpfkanonade los, die sich gewaschen hatte. Zum Glück konnte keiner seiner Fahrgäste ein Wort verstehen, da er sich der arabischen Sprache bediente. Die beiden Hirten antworteten ebenso aufgebracht.

Es dauerte einige Augenblicke, bis es weiterging. „Hoffentlich lässt er seine Wut jetzt nicht am Gashebel aus", meinte Andrea.

Ibrahim donnerte los. Merkwürdigerweise verrauchte sein Zorn, so schnell, wie er entstanden war. Wenig später konnten sie durch das linke Wagenfenster für einen Moment den kleinen Hafen des Ortes sehen. Es war ihr erster Blick aufs Rote Meer.

Sie hatten die Stadtgrenze von Hurghada noch nicht hinter sich gelassen, als auf einmal der Pflanzenbewuchs dünner wurde. Statt des Grüns zeigte sich beiderseits der Straße trostlose, sandbraune Wüste. Nur hin und wieder konnte man am Horizont das Meer als blauen Streifen erkennen.

„Wie kommt es, dass hier nichts mehr wächst?", fragte Marko nach vorne.

Andrea drehte sich zu ihm um. „Die Ägypter haben große Anlagen gebaut, um das Salz aus dem Meerwasser herauszufiltern. Wo Hurghada liegt, wäre Wüste, wenn das Land nicht auf diese Art bewässert würde. Sollten die Entsalzungsanlagen irgendwann einmal ausfallen, würde die Wüste Hurghada sehr schnell wieder zurückerobern."

„Wie weit ist der Club eigentlich von Hurghada entfernt?", wollte Jennifer wissen. „Ich habe nämlich schrecklichen Durst."

„Ich könnte auch was vertragen", stimmte Marko seiner Schwester zu.

„Es sind ungefähr vierzig Kilometer bis zum Club ...", begann Andrea. Sie wurde unterbrochen, weil Ibrahim mitten auf der Straße auf die Bremsen trat.

Die drei Reisenden sahen sich erstaunt um. Weit und breit war kein Haus zu sehen. „Ich habe was gegen Durst", rief der Fahrer, sprang hinaus und öffnete den Kofferraum. Er ließ das Schloss der großen Metallkiste aufschnappen, die die beiden Männer auf dem Parkplatz eingeladen hatten. Den drei Mitfahrern blieb der Mund offen stehen. Was sie bisher für eine Werkzeugkiste gehalten hatten, war eine Kühlbox voller Limonade!

„Ich krieg mich nicht mehr ein!", stöhnte Marko, als er sah, wie sich der feine Wasserdampf sofort auf den gekühlten Flaschen niederschlug. „Da sind wir am Verdursten und sitzen, ohne es zu wissen, auf einem wohl gefüllten Kühlschrank!"

„Eine Flasche kostet ein Pfund." Ibrahim grinste und machte eine einladende Handbewegung. Er hatte offenbar Erfahrungen mit durstigen Touristen und wusste genau, zu welchem Zeitpunkt er seinen gekühlten Schatz vorführen musste.

„Unverschämtheit", murmelte Andrea halblaut, zwinkerte dabei aber den Geschwistern zu. Umständlich kramte sie ein paar Pfundnoten aus ihrer Gürteltasche. Ibrahim war eben sehr geschäftstüchtig. Und das musste er wohl auch sein, denn die Busfahrerei brachte ihm sicher nicht so viel ein, dass er davon leben konnte. „Ein Pfund, fünfzig Piaster für drei Flaschen“, bedeutete Andrea ihm.

Ibrahim machte ein betrübtes Gesicht und warf die Hände in gespielter Verzweiflung theatralisch in die Höhe. „Da werde ich ja arm! – Zwei Pfund!“

Andrea sah die durstigen Blicke der Geschwister und hörte deshalb auf zu feilschen. Sie nickte ergeben. „Also gut. Damit sind die Flaschen aber wirklich reichlich bezahlt. – Bedient euch, Jennifer und Marko.“

Sie drückte Ibrahim die beiden Geldscheine in die Hand.

Aufatmend zogen Jennifer und Marko jeweils eine kalte Flasche aus der Kühlbox und benutzten den Flaschenöffner, der mit einer Schnur an der Box befestigt war. Andrea wählte für sich eine Zitronenlimonade. Die Erfrischung war einfach himmlisch!

Während die drei ihren Durst stillten, kroch Ibrahim unter seinen Bus und klopfte an irgendwelchen Teilen herum. Wenig später kam er wieder hervor und wischte sich die schmutzig gewordenen Finger an einem alten Lappen ab.

„Ein prima Auto!", stellte er zufrieden fest. Er nahm Andrea beiseite und sagte mit gesenkter Stimme: „Wenn du ein schönes Andenken aus Ägypten möchtest, kann ich dir jederzeit eins besorgen. Du musst mir nur sagen, was du möchtest. Ich kenne viele Leute."

„Was für ein Souvenir meinst du?", fragte Andrea neugierig. Sie hatte den Verdacht, dass Ibrahim seinen Fahrerjob nutzte, um Kontakte für seine kleinen Nebengeschäfte zu knüpfen, die wahrscheinlich nicht immer ganz legal waren.

„Gute Souvenirs!", verkündete er. „Keinen Mist! Echte alte Sachen!" Bei diesen Worten verdrehte er viel sagend die Augen. Genaueres war allerdings nicht aus ihm herauszubringen.

„Wieso können Sie eigentlich unsere Sprache?", fragte Andrea, um das Thema zu wechseln.

Ibrahim zeigte sein strahlendstes Lächeln. „Ich arbeite im *Club Paradiso*, da spreche ich oft Deutsch. Und mein Neffe Hassan ist in Deutschland auf die Universität gegangen." Es war unschwer zu erkennen, dass er stolz auf seine Sprachkenntnisse war.

Wenig später saßen sie wieder im Bus. Die Straße verlief fast schnurgerade. Die Landschaft beiderseits des Asphaltwegs war eintönige Wüste. Hin und wieder hatte der Wind einen Teil der Straße unter dem Sand begraben. Deshalb zog der Bus eine weithin sichtbare Staubfahne hinter sich her. Die Reisenden waren von der kargen Landschaft gefesselt. So entging ihnen, dass Ibrahim sie immer wieder im Rückspiegel mit scharfen Blicken musterte. Wenn sie seine Gedanken hätten lesen können, hätten sie vielleicht nicht so gelassen in dem alten Auto gesessen.

Nach etwa einem Drittel der Strecke zeigten sich rechts der Straße kahle Felsen. Es handelte sich nicht um spitze, sondern um runde Steinkuppen, die der Wüstenwind in Jahrtausenden geschaffen hatte. Hin und wieder begegneten sie vereinzelt Bauern, die Ziegen- oder Schafherden vor sich hertrieben. Gelegentlich tauchte auch ein Reiter auf einem Pferd auf, öfter jedoch Männer, die auf Eseln saßen.

Mit der Zeit schlief das Gespräch ein. Trotz des Fahrtwindes war es im Bus unerträglich heiß. Der Motor des Wagens brummte monoton, die Musik, die aus dem Autoradio kam, war gleichförmig. Dies alles machte die Fahrgäste träge und schläfrig. Bald waren alle drei eingeschlafen.

Ibrahim wartete eine Weile. Als er sicher war, dass die junge Frau neben ihm wirklich tief schlief, griff er vorsichtig nach ihrer Gürteltasche, die sie aus Gründen der Bequemlichkeit zwischen Fahrer- und Beifahrersitz eingeklemmt hatte. Während er mit der linken Hand das Steuer hielt, tastete seine Rechte nach dem Reißverschluß der Tasche. Das Ratschen des Verschlusses wurde vom Fahrgeräusch des Wagens überdeckt. Ibrahim spreizte die Tasche auf, sodass er einen Blick hineinwerfen konnte. Geschickt fischte er Andreas Reisepass heraus. Langsam blätterte er den Pass durch und prägte sich verschiedene Einzelheiten ein. Dabei warf er immer wieder zwischendurch einen Blick auf die Straße. Schließlich schob er das Dokument wieder in die Gürteltasche zurück und schloss sie genauso flink, wie er sie geöffnet hatte.

IM PARADIES

Die Fahrgäste wurden unsanft geweckt, weil Ibrahim kräftig auf die Bremse stieg.

Sofort war alle Schläfrigkeit wie weggeblasen. Vor ihren Augen schien mitten aus dem Wüstensand eine traumhaft schöne Oasenlandschaft zu wachsen. „Hey, das ist stark", staunte Marko. „Ein echtes Paradies!"

Andrea lachte. „Der Club hat seinen Namen nicht von ungefähr." So weit sie sehen konnten, wuchsen Palmen und andere Bäume. Auch hier wurden die Pflanzen überall mit Sprenklern bewässert.

„Ohne Entsalzungsanlagen würde auch hier überhaupt nichts wachsen", erklärte Andrea, während sie auf das Clubgelände fuhren. „Alles Süßwasser, das hier verwendet wird, wird auf diese Weise gewonnen. Das Rote Meer ist ziemlich salzhaltig."

Die Geschwister hörten ihr nur mit halbem

Ohr zu. Diese herrliche Landschaft nach der Fahrt durch die öde Wüste verschlug ihnen die Sprache.

Ibrahim schien sich hier gut auszukennen. Allen Gästen, die ihnen begegneten, lächelte er freundlich zu.

Die Rezeption befand sich in einem offenen Flachbau, dessen Vorderfront fast nur aus Glas bestand. Der Bus hatte kaum angehalten, als ein schlanker Mann mittleren Alters ihnen aus dem Haus entgegengelaufen kam.

Die drei sprangen aus dem Wagen. Sofort bemerkten sie die leichte Brise, die ihre erhitzten Gesichter angenehm fühlte.

„Hallo, herzlich willkommen im *Club Paradiso*!", rief der Mann. Er hatte die dunkle Sonnenbrille in sein krauses Haar hochgeschoben und trug ein schrillbuntes, leichtes Hemd. „Ich heiße Erik und bin der Clubmanager. Du bist sicher Andrea, unsere Verstärkung für das Animateur-Team." Er gab Andrea die Hand. Dann wandte er sich den Geschwistern zu. „Marko und Jenny, wenn ich mich nicht irre?"

„Ich heiße *Jennifer*", verbesserte ihn das Mädchen. Sie konnte es nicht leiden, wenn jemand ihren Vornamen abkürzte.

„Auch recht, auch recht", sagte Erik. „Hat Ibrahim euch in seinem Wüstenschiff heil hergebracht? Da bin ich aber froh", fuhr er fort. „Normalerweise fährt er ja unseren clubeigenen Bus, aber der hat ausgerechnet gestern den Geist aufgegeben. Der Staub, wisst ihr. Er macht den Motoren zu schaffen. Und nicht nur denen." Er drehte sich geschäftig in Richtung Eingangstür. „Aber kommt doch herein. Ihr seid sicher durstig. Ibrahim wird zwischenzeitlich euer Gepäck ausladen." Er gab dem Fahrer ein Handzeichen.

„Einen Moment noch", bat Andrea und drehte sich um. Sie griff in ihre Gürteltasche, holte ein paar Pfundnoten heraus und drückte sie Ibrahim in die Hand. „Das Bakschisch hat er sich verdient. Wir wollen doch nicht gegen die guten Sitten verstoßen", erklärte sie und folgte Erik ins Gebäude.

„Das ist leider so eine Unsitte hier", bestätigte der Clubmanager. „Aber ein Trinkgeld wird halt erwartet. Wenn man keins gibt, ist das eine Beleidigung."

Kaum waren seine Fahrgäste im Gebäude verschwunden, verschwand das Lächeln auf Ibrahims Gesicht. Seine dunklen Augen funkelten zornig, als er Erik nachblickte. Prüfend betrachtete er das Geld in seiner Hand. Dann öffnete er den Kofferraum, lud die Gepäckstücke aus und reihte sie neben dem Eingang zur Rezeption auf.

Darauf setzte er sich wieder hinters Steuer und fuhr weg. Er hatte noch etwas Wichtiges zu erledigen ...

Der Empfangsraum hinter der Glasfront war angenehm kühl. Im Hintergrund hörte man das leise Summen einer Klimaanlage.

„Nehmt doch Platz!", bat Erik und öffnete einen kleinen Kühlschrank. Er nahm ein paar Flaschen mit eisgekühlter Limonade heraus und bot sie den Neuankömmlingen an.

„Ich bin froh, dass mit der Herfahrt alles so gut geklappt hat. Wenn ich Ibrahims Gefährt sehe, wird mir immer ganz anders. Wir haben ihn vor ein paar Wochen eingestellt, weil er der Onkel eines unserer einheimischen Tauchlehrer ist. Er ist hier das Mädchen für alles, möchte ich mal sagen. Allerdings darf er das nicht hören, sonst wäre er tödlich beleidigt. Außerdem verdient er sich noch ein bisschen was dazu, indem er die Clubgäste in der Gegend herumfährt. Außerdem handelt er mit Souvenirs. Also, wenn du mal was Besonderes brauchst ..." Er lachte.

Andrea nickte. „Er hat mir schon auf der Herfahrt angedeutet, dass er alle möglichen Mitbringsel beschaffen kann. – Da fällt mir ein: Wir hatten am Flughafen ein unschönes Erlebnis. Ein Tourist wurde verhaftet, weil die Zöllner in seinem Gepäck eine wertvolle altägyptische Figur gefunden haben. Er hat aber steif und fest behauptet, er sei unschuldig und man habe ihm die Anubis-Figur ohne sein Wissen ins Gepäck geschmuggelt."

Eriks Lächeln gefror. Sein Blick suchte ein Blatt Papier auf der Schreibtischplatte. Nervös schob er es hin und her. „Ach, es gibt immer wieder Leute, die kaufen solche Sachen und glauben, sie kommen damit außer Landes. Meistens ist es aber nachgemachtes Zeug. Die Ägypter sind Spezialisten im Nachmachen von alten Kunstwerken. – Aber jetzt zu etwas anderem: Andrea, unsere Mannschaft ist im Augenblick etwas ausgedünnt. Einer unserer Animateure hat sich beim Surfen verletzt und liegt im Krankenhaus. Eine andere Kollegin hatte einen Todesfall in der Familie und ist deshalb nach

Deutschland zurückgeflogen. Da wird es langsam eng. Zum Glück sind wir die nächsten vierzehn Tage nicht voll ausgebucht."

Andrea nickte.

„Da ein paar Appartements leer stehen", fuhr Erik fort, „habe ich mir gedacht, dass ihr drei in einem großen Appartement zusammen wohnen könnt. Seid ihr einverstanden?"

Die drei nickten.

„Prima, dann werde ich mir einen von unseren Golfwagen schnappen und euch mal zu eurem Appartement bringen", meinte Erik. „Anschließend könnt ihr mit dem Wagen über das Clubgelände fahren. Sicher wollt ihr auch den Strand sehen."

Sie verließen das Gebäude. Erik verschwand um die Ecke und tauchte wenig später in einem kleinen Golfwagen wieder auf. Das Gefährt wurde von einem singenden Elektromotor angetrieben und hatte insgesamt vier Sitzplätze. Eine rechteckige Segeltuchplane bot Schatten. Hinten war eine kleine Ablagefläche, auf die sie ihr Gepäck bugsierten.

„Wir haben zwei Swimmingpools", erzählte Erik, während er das Gefährt über die schmalen Wege steuerte, „außerdem eine große Tennisanlage, ein Kino, einen Golfplatz und eine Minigolfanlage. Selbstverständlich kann man hier surfen und tauchen."

Schließlich hielten sie vor einem mehrstöckigen, U-förmigen Gebäude. „Ihr habt eines der unteren Appartements", erklärte Erik.

Die drei schnappten sich ihr Gepäck und folgten dem Clubmanager auf einem schmalen, gepflasterten Weg bis zum Innenhof des Gebäudes. In seiner Mitte befand sich ein Springbrunnen, dessen Becken aus lauter kleinen Mosaiksteinchen zusammengesetzt war. Darin ragte ein kunstvoll geschmiedetes Metallrohr auf, aus dessen oberer Öffnung ein Wasserstrahl schoss. Um den Brunnen waren Bänke aufgestellt. Dahinter stand eine einsame Palme. Die einzelnen Stockwerke der Appartementwohnungen waren terrassenförmig angeordnet.

„Schön, das sieht ein bisschen so aus wie in *Tausendundeiner Nacht*", meinte Jennifer.

„Ja, das kann man sagen", stellte der Manager nicht ganz ohne Stolz fest.

Sie näherten sich einer Tür. Erik wollte Andrea gerade mehrere Schlüssel übergeben, als die Tür des Appartements plötzlich aufging und Ibrahim heraustrat. Er hatte die Besucher offenbar nicht so schnell erwartet, denn er zuckte im ersten Moment zusammen.

Erik starrte ihn an, als wäre er ein Gespenst. „Was soll denn das?“, fragte er barsch auf Deutsch, dann ließ er einen Schwall arabischer Worte auf den Ägypter herabprasseln. Er schien die Landessprache perfekt zu beherrschen.

Ibrahim nahm die Sache offenbar völlig gelassen. Er erwiderte einige Sätze, dann nickte er und eilte davon.

Erik sah ihm mit finsterer Miene hinterher. „Ich hatte ihm gesagt, er solle in den leer stehenden Appartements noch einmal nach dem Rechten sehen, bevor die Gäste kommen“, erklärte er dann. „Allerdings war das schon gestern. Dieser Ibrahim ist leider nicht immer sehr zuverlässig. Aber was will ich machen! Es ist schwierig, gutes Personal zu bekommen.“

„Ich finde ihn nett“, warf Jennifer ein. Dieser Erik war ihr auf Anhieb unsympathisch. Er machte sich immer so wichtig.

Erik betrat das Appartement zuerst und sah sich aufmerksam um. Es schien fast, als würde er etwas suchen. Schließlich stellte er fest: „Es scheint alles gerichtet zu sein. – Ja, dann wünsche ich Jennifer und Marko einen erholsamen Aufenthalt. Andrea muss ja leider arbeiten." Er wandte sich zur Tür. Die drei begleiteten ihn hinaus.

Als sie vor der Eingangstür standen, ertönte aus dem Nebenappartement, dessen Eingangstür nur wenige Meter entfernt war, lautes Geschrei. Es handelte sich offenbar um zwei Kinder, die miteinander stritten. Die Freundlichkeiten, die sich die beiden an den Kopf warfen, waren deutlich zu verstehen, denn die beiden sprachen Deutsch.

Erik lächelte etwas gezwungen, dann erklärte er: „Ach, das habe ich ganz vergessen zu erwähnen: Im Nebenappartement wohnt Familie Müller. Sie haben zwei Jungen in eurem Alter. Die beiden sind ziemlich temperamentvoll. – Aber ... aber sonst sind sie wirklich ganz nett."

Als wollten die beiden Jungen Erik widersprechen, gab es gleich darauf einen lauten Knall und dann fiel in der Wohnung nebenan etwas scheppernd zu Boden.

Erik sagte nichts dazu, stattdessen warf er einen Blick auf seine Armbanduhr. „Andrea, in einer Stunde habe ich eine Besprechung mit allen Mitarbeitern. Da solltest du unbedingt dabei sein. Bis dahin könnt ihr euch ja umsehen. – Tschüss!"

Andrea nickte, dann eilte der Clubmanager davon.

Jetzt erst fanden sie Zeit, sich im Appartement umzusehen. Nach der Eingangstür war man sofort im Wohnraum. In einer Ecke stand dort ein großer Diwan, ein orientalisches Sofa, das beladen war mit dicken, bunten Kissen. Beim Diwan stand auf einem Rollschränkchen ein großer Satellitenfernseher und darunter die Stereoanlage. An den Wänden hingen Bildteppiche. Ins gegenüberliegende Regal war ein Kühlschrank eingebaut, in dem erfrischende Getränke bereitstanden.

„Nicht schlecht", lobte Jennifer und sprang mit einem Hechtsprung auf den Diwan. „Das wäre ja alles perfekt, wenn das Geschrei von nebenan nicht wäre."

Tatsächlich war der Lärm der streitenden Kinder durch die Wand deutlich zu hören.

Bald waren die Schlafzimmer verteilt, das Gepäck notdürftig ausgeräumt. Nun schien es höchste Zeit, die Clubanlage zu erkunden.

Kaum waren Andrea und die Geschwister

aus der Tür getreten, kamen zwei Jungen aus der Nachbarwohnung gerannt. Der eine flüchtete offenbar vor dem anderen, der wiederum gar nicht daran dachte, seinen Bruder entkommen zu lassen.

„Du Idiot!", brüllte der eine und warf sich auf seinen am Boden liegenden Bruder. „Gib mir sofort den Gameboy!"

„Lass mich los, du Depp!", gab der andere zurück und kämpfte sich frei. „Du hast die ganze Zeit damit gespielt, jetzt bin ich dran."

Andrea und die Geschwister sahen sich an. Das konnte ja heiter werden!

„Na, ihr zwei", sagte Andrea betont freundlich. „Ich bin Andrea, und das sind Jennifer und Marko. Wir sind eure neuen Nachbarn."

Etwas verdutzt blickten die beiden auf und musterten die Neuankömmlinge. Es war erstaunlich, wie schnell sie auf einmal ihren Streit vergessen hatten. Sofort richteten sich die Jungen auf. Sie hatten beide rote Locken und viele Sommersprossen. Sie waren sich so ähnlich, dass man sie für Zwillinge hätte halten können. Lediglich in der Größe unterschieden sie sich um ein paar Zentimeter. Sie trugen Shorts und T-Shirts.

„Was macht ihr denn hier?", fragte der Jüngere etwas atemlos, während er sich seine Hose hochzog, die im Kampf mit seinem Bruder etwas heruntergerutscht war.

Andrea lachte. „Das klingt aber nicht sehr freundlich. – Aber ich werde es dir sagen. Jennifer und Marko machen hier Ferien, genau wie ihr. Und ich arbeite im Club als Animateurin. Sagt ihr uns auch, wie ihr heißt?"

Die beiden sahen sich an, dann bequemte sich der Größere zu einer Antwort. „Ich bin Patty Müller", brummelte er, „und das ist mein Bruder Chris. – Ihr wohnt also jetzt neben uns?"

„Klar", erwiderte Andrea. „Ich hoffe wir werden uns gut vertragen. Sind eure Eltern auch da?"

Patty schüttelte den Kopf. „Die machen einen Surfkurs."

„Na, dann werden wir sie sicher später kennen lernen", erwiderte Andrea und wandte sich zum Gehen. „Bis später!"

Jennifer und Marko marschierten hinter Andrea her. Was der Clubmanager über die netten Jungen von nebenan gesagt hatte, klang nun gar nicht mehr überzeugend.

Chris sah den Neuankömmlingen mit zusammengekniffenen Augen hinterher. „Jetzt haben sie schon wieder so blöde Typen neben uns reingetan. Nachdem wir die andere Familie vergrault hatten, dachte ich, wir hätten unsere Ruhe."

Patty spuckte im hohen Bogen in den Brunnen. „Das ist doch kein Problem! Wir machen es wie bei den anderen. Ich wette mit dir um ein Päckchen Kaugummi, dass wir die innerhalb von zwei Tagen wieder draußen haben."

Dann wandte er sich um und packte seinen Bruder am T-Shirt. „... und jetzt gibst du mir den Gameboy, oder ich werfe dich in den Brunnen!"

„Probier's doch!", rief Patty, riss sich los und rannte davon. Chris ließ sich keine Sekunde lang bitten. Krachend fiel die Tür hinter den beiden ins Schloss.

„Es wäre doch nicht schlecht, wenn ihr euch mit Chris und Patty etwas anfreunden würdet", meinte Andrea, während sie mit dem kleinen Elektrowagen gemütlich in Richtung Strand fuhren.

„Ich weiß nicht", entgegnete Jennifer, die vorne neben Andrea saß, „die beiden haben schon einen ziemlich wilden Eindruck auf mich gemacht."

„Jetzt macht mal halblang", lachte die junge Frau, während sie das Gefährt unter einer Palmengruppe abstellte. „Ihr habt die beiden gerade mal drei Minuten gesehen und wollt euch schon ein Urteil bilden. Das ist wohl etwas vorschnell!"

Sie folgten einem Weg, der an den Tennisplätzen vorbei zum Meer führte.

Draußen auf dem Wasser konnten sie die Segel der Windsurfer erkennen. Am Strand war ein Netz gespannt, einige Leute spielten Beachball. Andere Clubgäste standen oder saßen außen herum und sahen neugierig zu.

Rechts von ihnen führte ein langer Holzsteg ins Meer hinein, an dessen äußerstem Punkt eine große Holzplattform angebracht war. Dort lagen mehrere Schlauchboote mit Außenbordmotoren. Einige Boote waren etwas weiter entfernt draußen auf dem Wasser zu sehen.

„Das sind bestimmt Taucher", vermutete Jennifer. Sie und ihr Bruder waren ausgezeichnete Schwimmer und freuten sich deshalb ganz besonders, bei den berühmten Korallenriffen des Roten Meeres zu tauchen.

Andrea sah auf ihre Uhr. „Leute, ich denke, ich muss euch jetzt alleine lassen. Die Pflicht ruft. Wir sehen uns später." Sie winkte ihnen zu und fuhr davon.

„Komm, wir gehen zum Wasser!", rief Jennifer und spurtete los. Marko folgte ihr.

Das Mädchen zog seine Sandalen aus und watete bis zu den Oberschenkeln ins Meer. „Oh, Mann, ist das warm", rief sie erstaunt. Die sanften Wellen umspielten ihre Beine. Plötzlich machte sie einen Schritt zur Seite und verzog das Gesicht.

„Was ist denn los?", fragte ihr Bruder.

„Ich bin auf etwas Scharfes getreten", klagte sie.

„Komm lieber gleich heraus", riet Marko. „Wahrscheinlich hast du eine Muschelschale erwischt."

Hinkend kam Jennifer an den Strand zurück und ließ sich in den Sand fallen. Marko hatte Recht. Deutlich konnte man in der Sohle des Mädchens einen kleinen Schnitt erkennen, der heftig blutete.

„Das brennt ganz schön", meinte sie.

„Das ist bloß das Salzwasser", stellte Marko fest. „Der Schnitt ist aber nicht weiter schlimm.

Am besten ziehst du deine Schuhe an, dann gehen wir ins Appartement. In unserer Reiseapotheke sind Pflaster."

Missmutig humpelte Jennifer an seiner Seite zum Wohnhaus zurück.

Das Abendessen war ein Genuss. Die Animateure hatten sich etwas Tolles einfallen lassen. Sie nannten es „Beduinische Nacht". Auf dem freien Platz neben dem kleineren Swimmingpool war ein großes Zelt aufgeschlagen. Auf dem Boden waren Teppiche ausgelegt. Die Gäste saßen auf Kissen am Boden in kleinen Gruppen jeweils um eine Holzscheibe herum. Diese diente als Untersatz für die Speisen, die aufgetragen wurden.

Erik hielt eine kleine Rede über die Lebensgewohnheiten der Beduinen.

„... wenn Sie nun mit dem Essen anfangen", schloss er, „denken Sie daran, dass die Beduinen ihre Nahrung mit den Fingern der rechten Hand aufnehmen. Haben Sie also keine Scheu und essen Sie wie ein richtiger Bedawi, wie die Nomaden der Wüste auf Arabisch genannt werden." Als er fertig war, klatschte er in die Hände, und die Speisen wurden aufgetischt. Es gab Hammel, Geflügel und Reis. Alles war ziemlich scharf gewürzt.

Nach anfänglicher Zurückhaltung langten die Gäste des *Club Paradiso* kräftig zu. Besonders Chris und Patty, die in einer anderen Gruppe saßen als Jennifer und Marko, nahmen die Aufforderung, mit den Fingern zu essen, sehr wörtlich. Am Ende stopften sie alles mit beiden Händen in sich hinein und freuten sich, wenn die Hälfte auf den Boden fiel. Frau und Herr Müller kringelten sich vor Lachen.

Jennifer und Marko dachten sich ihren Teil.

Nach dem Essen wurde Wasser herumgereicht, damit sich die Gäste ihre Hände säubern konnten. Anschließend trank man süßen Tee aus Glastassen.

Als alle fertig waren, entzündeten die Animateure an einer geeigneten Stelle ein Lagerfeuer, und die Clubgäste ließen sich wieder rundherum auf ihren Kissen nieder.

Auf ein Zeichen von Erik trat eine dreiköpfige Kapelle in das Rund. Sie bestand aus Einheimischen.

Jennifer gab Marko einen Stubser. „Erkennst du den Mann rechts, den mit der komischen Flöte?“

Marko, der von den Flammen ein wenig geblendet war, kniff die Augen zusammen. „Hey, das ist doch Ibrahim!“, stellte er fest. „Der ist wirklich überall dabei.“

Kaum hatte die Kapelle die ersten Töne gespielt, trat eine Frau in den Kreis und begann zu tanzen. Da sie unverschleiert war, konnte man sehen, dass es sich um eine Animateurin handelte. Trotzdem tanzte sie so anmutig wie eine echte Beduinin. Nach einiger Zeit ließen sich die Gäste vom Rhythmus der Musik mitreißen und begannen laut zu klatschen. Bald herrschte ausgelassene Stimmung. Einige ließen sich sogar hinreißen mitzutanzen.

Dabei fiel nicht auf, dass einer der Musikanten, der neben Ibrahim stand, die anwesenden Clubgäste sehr eindringlich musterte. Erst als er die Gesichter der Personen ausfindig gemacht hatte, die man ihm vor ein paar Stunden auf einem Foto gezeigt hatte, entspannte sich sein Gesicht.

Es war schon ziemlich spät, als Jennifer und Marko in Richtung Appartement marschierten. Der Tag war lange und ereignisreich gewesen. Sie waren beide sehr müde.

Trotz der zahlreichen Laternen war es in vielen Bereichen der Anlage sehr dunkel. Deshalb verliefen sich die Geschwister und standen auf einmal vor dem großen Swimmingpool.

„Ich glaube, wir sind hier auf dem falschen Weg“, stellte Marko fest. „Wir hätten wahrscheinlich früher nach links abbiegen müssen.“

„Macht doch nichts“, erwiderte Jennifer. „Ich hätte sogar Lust, eine Runde zu schwimmen.“ Sie bückte sich und griff mit der Hand ins Wasser des Pools. „Das Wasser hat noch eine angenehme Temperatur.“

„Darauf habe ich jetzt wirklich keine Lust“, brummte Marko. „Ich bin tierisch müde. Wir können doch morgen vor dem Frühstück ein paar Runden drehen.“

Jennifer seufzte und erhob sich wieder. In diesem Augenblick bekam sie einen heftigen Stoß und stürzte kopfüber in den Pool. Kurz darauf hörte sie neben sich einen weiteren Platscher.

Sie tauchte wieder auf und sah sich ärgerlich um. Warum hatte sie Marko gestoßen? War er jetzt plötzlich kindisch geworden?

Da tauchte neben ihr aus dem Wasser das nasse Gesicht ihres Bruders auf. „Hey“, fauchte er keuchend seine Schwester an, „was sollen diese blöden Scherze?“ Merkwürdigerweise war Marko der Meinung, Jennifer hätte ihn baden geschickt.

In diesem Augenblick hörten sie am Beckenrand schadenfrohes Gekicher. Dicht am Pool standen Patty und Chris und feixten.

„Na, wartet!“, knurrte Marko, machte einen Schwimmzug und zog sich am Beckenrand aus dem Wasser.

„Rache ist süß!“, rief Jennifer, die ebenfalls mit einem Satz aus dem Pool war.

„Ihr lahmen Schnecken erwischt uns ja doch nicht“, neckten die beiden Rothaarigen die Geschwister.

Marko schüttelte sich das Wasser aus den Haaren, dann sagte er mit gesenkter Stimme zu Jennifer: „Du packst den Kleineren, ich übernehme Patty.“

Aus dem Stand spurteten die Geschwister los. Darauf hatten die beiden Übeltäter natürlich nur gewartet. Wie von der Sehne geschnellt, rannten sie davon. Da die beiden schon länger hier waren, kannten sie die Örtlichkeiten natürlich besser. Sie flitzten über die Wege, nahmen Abkürzungen durch die Büsche und quer über die Grasflächen. Plötzlich trennten sie sich und waren verschwunden.

„Wo sind sie denn?“, keuchte Jennifer und blieb stehen.

„Wir müssen still sein, dann können wir sie vielleicht hören“, keuchte Marko. Er hatte vom schnellen Laufen Seitenstechen bekommen.

„Komm, gehen wir ins Appartement“, schlug Jennifer schließlich vor. „Ich möchte gerne die nassen Klamotten loswerden. Außerdem bin ich jetzt total müde.“

Marko war einverstanden. Aufgeschoben war ja nicht aufgehoben. Sie würden die beiden Nachbarjungen schon noch mal erwischen!

TAUCHERFREUDEN

Am nächsten Morgen lag ein Zettel von Andrea auf dem Wohnzimmertisch. Sie teilte den Geschwistern darin mit, dass sich die Jugendgruppe der „Seeteufel“ um neun Uhr nach dem Frühstück am Steg beim Strand traf. Es begann ein Schnorchelkurs, und die beiden waren natürlich eingeladen mitzumachen. Andrea selbst war für einen Surfkurs als Kursleiterin eingeteilt.

„Stark“, freute sich Jennifer, „am liebsten würde ich gleich loslegen.“

Die Geschwister frühstückten eilig. Marko war sowieso der Ansicht, dass Tauchen mit vollem Magen nicht besonders angenehm war.

Zehn Minuten vor Beginn des Kurses trafen die beiden in Badekleidung am Steg ein.

Draußen auf der Plattform stand ein junger Mann in Badeshorts, der freundlich winkte, als er die beiden entdeckte. Er überprüfte gerade eines der Schlauchboote.

„Ihr möchtet am Schnorchelkurs teilnehmen?“, fragte er in fehlerfreiem Deutsch, als die beiden sich ihm näherten. Sein Akzent und sein dunkler Teint ließen die Geschwister vermuten, dass er ein Einheimischer war. Er trug ein weites Jeanshemd über der Badehose, aus dessen Brusttasche die Antenne eines Handys herauslugte. Die Geschwister beantworteten seine Frage mit einem Nicken.

„Ich bin Hassan, euer Tauchlehrer“, fuhr er fort. „Ihr könnt doch sicher gut schwimmen?“

Die beiden bejahten und erzählten, dass sie schon im Gardasee geschnorchelt hatten.

„Woher kannst du so gut Deutsch?“, fragte Jennifer Hassan.

„Ich habe längere Zeit in Deutschland studiert“, entgegnete er. „Jetzt arbeite ich in der Stadtverwaltung von Hurghada. In meiner Freizeit gebe ich Tauchkurse. So kann ich mir etwas dazuverdienen und außerdem die Tauchausrüstung des Clubs und die Boote kostenlos benutzen.“

Marko kam plötzlich ein Gedanke: „Als wir gestern ankamen, hat uns ein älterer Mann, der

Ibrahim heißt, hergefahren. Er sagte, er habe einen Neffen namens Hassan ..."

Hassan lachte, dass seine weißen Zähne blitzten. „Ja, ja, das ist mein Onkel Ibrahim." Dieses Lachen hätte als Antwort eigentlich schon genügt, denn es ähnelte dem Ibrahims auf verblüffende Weise. „Übrigens", fügte er dann hinzu, „er hat gute Beziehungen. Wenn ihr also ein Andenken aus Ägypten mit nach Hause nehmen wollt, kann er es euch bestimmt besorgen."

Jennifer und Marko lehnten dankend ab. Das Taschengeld, das sie von ihren Eltern für diesen Clubaufenthalt bekommen hatten, reichte für solche Sonderausgaben nicht.

Hassan warf einen Blick auf seine Armbanduhr. „Wenn jetzt Anne noch käme, könnten wir anfangen. Es wäre besser, wenn wir fertig wären, bevor die Mittagshitze kommt. Wenn man das nicht gewöhnt ist, kann man sich schnell einen Hitzschlag holen. – Ach ja, Chris und Patty Müller, die auch für den Tauchkurs gemeldet sind, machen heute mit ihren Eltern eine Tagesfahrt nach Luxor ins Tal der Könige. Auf die brauchen wir also nicht zu warten."

Jennifer und Marko freuten sich, die beiden Nervensägen eine Weile nicht zu sehen.

Einige Minuten später kam ein Mädchen über den Steg angerannt.

„Hi", grüßte sie atemlos. Offenbar war sie nicht früh genug aus dem Bett gekommen. Anne hatte hellblonde Haare und war ziemlich blass. Sie schien etwas schüchtern zu sein.

Hassan begrüßte alle noch einmal freundlich, dann stellte er auch Anna einige Fragen. Dabei ergab sich, dass auch sie schon häufig geschnorchelt hatte.

„Das ist prima", freute sich der Tauchlehrer. „Da können wir ja gleich richtig anfangen. – Ich habe Flossen, Tauchbrillen und Schnorchel mitgebracht. Die werden wir gleich mal anprobieren. Kommt ihr mit ins Boot?" Er kletterte in eines der größeren Schlauchboote und setzte sich neben das Steuer des Außenborders. Der Reihe nach stiegen seine Schüler ein und probierten die vorhandene Ausrüstung an, bis jeder das passende Teil hatte.

„Wir fahren jetzt ein Stückchen hinaus", erklärte Hassan. „Ihr habt ja sicher schon gehört, dass die Korallenriffe an dieser Küste sehr nahe an der Oberfläche liegen."

Hassan betätigte den Starter des Außenbordmotors. Die Maschine sprang sofort an.

Es waren wirklich nur gut zweihundert Meter, die er mit seiner kleinen Mannschaft parallel zum Strand zurücklegte. Dann schaltete er den Motor wieder ab. Er ließ einen kleinen Anker fallen, dann griff er nach einem Plastikkasten von der Größe eines Schuhkartons. Auf der einen Seite war er offen, aber auf der anderen befand sich eine Plexiglasscheibe. Er hielt den Kasten über Bord ins Wasser und warf einen Blick hinein, dann meinte er: „Jetzt könnt ihr mal hinunterschauen. Sogar vom Boot aus sieht man die Korallenriffe."

Der Reihe nach spähten die „Seeteufel" in den Schaukasten. Hassan hatte wirklich nicht übertrieben. Zum Greifen nah lagen unter ihnen die roten Korallenbänke. Zwischen den wie dünne Finger in die Höhe ragenden Ästen flitzten Scharen bunter Fische herum.

Nun bat Hassan seine Schüler, die Flossen und Taucherbrillen anzulegen. „Klemmt euren Schnorchel ordentlich an der Brille fest, damit er im Wasser nicht abgeht. Ich springe schon mal hinein. Wenn ich euch beim Namen rufe, kommt ihr dann bitte einer nach dem anderen hinter mir her. Ich möchte euch zunächst einmal einzeln beim Schnorcheln beobachten. Später können wir dann auch in der Gruppe tauchen."

Es gab zwar etwas Protest, weil die drei der Ansicht waren, das wäre Babykram, aber schließlich fügten sich die angehenden Taucher doch.

Hassan zog sein Hemd aus und wickelte sein Handy hinein, damit es nicht nass wurde, und legte es im Boot ab. Dann tauchte er mit einem eleganten Kopfsprung ins Meer.

Zwanzig Minuten später tummelten sich alle im Wasser. Hassan konnte sich schnell davon überzeugen, dass seine „Seeteufel" wirklich gute Taucher waren.

„Wir schwimmen jetzt ein Stück parallel zum Strand, dabei könnt ihr jetzt auch einmal ein Stück hinuntertauchen. Wer nicht mehr kann, taucht bitte sofort wieder auf. Also nicht übertreiben! Und bitte fasst nicht in die Löcher in den Korallen. Das ist gefährlich, weil sich dort oft Muränen versteckt halten. Ihr wisst sicher, wie giftig der Biss dieser Unterwasserschlangen ist."

Alle drei nickten zustimmend. Auf ein Zeichen ihres Tauchlehrers nahmen sie das Gebissstück ihres Schnorchels in den Mund und legten sich auf die Wasseroberfläche.

Marko war von den Farben des Korallenriffs und seiner Bewohner begeistert. Die Fische waren gar nicht scheu und ließen die Schwimmer ganz nahe an sich herankommen. Über eine Stunde blieben sie im Wasser und genossen es, Teil einer fremden Welt zu sein.

Am Nachmittag verbrachten Jennifer und Marko einige Zeit auf dem Tennisplatz. Sie waren zwar keine großen Meister dieser Sportart, Andrea dafür umso mehr. Sie hatte zwischendurch eine Stunde frei und fand so Gelegenheit, mit den beiden auf dem Platz ein bisschen zu üben. Als sie fertig waren, setzten sie sich an ein Tischchen in der Nähe der Bar und gönnten sich ein Erfrischungsgetränk. Es war schon toll, dass man einfach wählen konnte, ohne sich Gedanken über die Preise zu machen! Alle Getränke waren nämlich frei.

„Was machen denn Chris und Patty?", fragte Andrea beiläufig, während sie mit dem Strohhalm in ihrem Fruchtsaftmix rührte. „Habt ihr euch schon ein bisschen aneinander gewöhnt?"

„Unser Tauchlehrer hat gesagt, dass sie mit ihren Eltern zum Tal der Könige gefahren sind. – Wir haben sie heute noch nicht gesehen." Marko klapperte mit den Eiswürfeln in seinem Glas.

„Ach ja, Luxor, das würde ich mir auch gerne einmal ansehen", schwärmte Andrea. „Das muss schon toll sein: die alte Tempelanlage und die Königsgräber."

Jennifer konnte für die Sehenswürdigkeiten keine rechte Begeisterung aufbringen: „Wenn ich daran denke, dass sie ihre Könige zu Mumien verarbeitet haben. Grässlich!"

Andrea lachte. „*Verarbeitet*. Wie das klingt! Die Verstorbenen wurden einbalsamiert, weil die Ägypter glaubten, dass sie nach dem Tod nur weiterleben würden, wenn ihre Körper erhalten blieben."

„Weißt du eigentlich, wie das Einbalsamieren vor sich ging?", fragte Marko, der immer alles genau wissen wollte.

Andrea sah ihn zweifelnd an. „Willst du das wirklich wissen? Zum Schluss könnt ihr heute Nacht nicht schlafen!"

Marko winkte ab: „Wir können einiges vertragen."

Andrea fuhr deshalb fort: „Die Körper der Toten wurden nach einigen Vorbereitungen in eine Flüssigkeit gelegt, die sie austrocknete. Dann wurden die Leichen mit Leinenbinden umwickelt und in einen Sarg gelegt. Der wurde zusammen mit Möbeln, Essen und Schmuck in einem Grab bestattet. Die Ägypter glaubten, dass der Gott Anubis die Toten bewacht. Na ja, die Grabräuber haben sich allerdings schon damals nicht von ihm abschrecken lassen. Und heute gibt es immer noch Leute, die verbotenerweise nach den Schätzen der alten Ägypter graben."

Da mussten Marko und Jennifer wieder an Herrn Sauer denken, der am Flughafen wegen der Anubis-Figur verhaftet worden war. Totengötter brachten ihren Besitzern offenbar kein Glück.

„Sind eigentlich alle Grabkammern gefunden worden?", wollte Jennifer wissen.

„Das kann man nicht wissen", erwiderte Andrea. „Aber die meisten, die man bis jetzt entdeckt hat, sind schon vor langer Zeit von Dieben leer geräumt worden." Sie erhob sich. „So, jetzt habt ihr genug von den alten Ägyptern gehört. Ich werde jetzt noch ein paar Minuten trainieren, damit ich nicht völlig aus der Übung komme. Wir sehen uns beim Abendessen." Mit diesen Worten marschierte sie davon.

Den Rest des Nachmittags verbrachten die Geschwister faulenzend am Pool. Beim Abendessen trafen sie die „Nervensägen" wieder, die gerade mit ihren Eltern aus Luxor zurückgekehrt waren.

„Habt ihr was dagegen, wenn wir uns bei euch hinpflanzen?", fragte Patty überraschend freundlich. „Ich kann das Gequatsche über Tempel, Götter und Pharaonen nicht mehr hören." Er warf einen gequälten Blick hinüber zum Tisch seiner Eltern.

Jennifer und Marko ließen die Brüder gewähren. Was hätten sie auch anderes machen sollen?

Zunächst waren die beiden Rotschöpfe ziemlich still, weil sie erst mal das Essen in sich hineinschaufelten, als hätten sie seit Wochen gehungert. Dann begannen sie von ihrem Ausflug zu erzählen.

„Ich kann euch sagen, Leute", nuschelte Chris, mit halb vollem Mund, „diese Fahrt war die Hölle. Im Bus war es knallheiß. Der Fahrer ist über die Piste gebrettert, dass es Patty dauernd schlecht geworden ist. Zu trinken gab es auch nur so warmes Zeug. Die hatten nicht einmal einen Kühlschrank im Bus."

„... und dann dieses Tal der Könige", nörgelte Chris, „überall nur Felsen und Sand. Unmengen von Touristen und jede Menge Leute, die irgendwelches Zeug verkaufen wollten."

„Im Eiltempo sind wir durch die Anlage geschleift worden", übernahm Patty wieder den Bericht, „Wandbilder hier, Hieroglyphen dort, eine Gottheit links, eine Gottheit rechts. – Isis, Osiris, Horus, Re, Amun und wie sie alle hießen, es würde mich wirklich mal interessieren, wie die Leute damals diese vielen Götter auseinander gehalten haben."

Jennifer sah ihren Bruder erstaunt an, dann fragte sie Patty: „Wie kannst *du* dir die Namen merken?"

Der Junge zuckte mit den Schultern. „Meine Eltern haben auf der ganzen Fahrt von nichts anderem gesprochen. Sie sind begeistert von dieser altägyptischen Religion."

Etwas wollte Jennifer dann doch noch wissen. „Hat es dort auch Kamele gegeben, auf denen man reiten konnte?"

„Jede Menge", antwortete Chris, „viele Touristen haben auch so einen Ritt mitgemacht. Aber wir hatten nicht so viel Zeit."

Patty wechselte nun das Thema: „Und was ist hier so abgegangen? Heute hat doch der Schnorchelkurs für die ‚Seeteufel' das erste Mal stattgefunden. War das was?"

Jennifer und Marko schwärmten von dem bunten Fischgewimmel in den Korallenfeldern. Die beiden Rotschöpfe hörten ihnen mit großen Augen zu. Auf einmal schienen sie ganz sympathisch. Wenn die beiden wollten, konnten sie sich offenbar sehr wohl vernünftig benehmen.

DER ÜBERFALL

Es war schon weit nach Mitternacht, als Andrea zu ihrem Appartement schlenderte. Um sich ein wenig zu sammeln, setzte sie sich auf eine Bank. Die Arbeit als Animateurin machte ihr Spaß. Aber dieser Erik war ihr nicht ganz geheuer. Mal war er freundlich, dann wieder wirkte er kalt und unnahbar. Wahrscheinlich war es der tägliche Stress, dem er ausgesetzt war. Schließlich trug er die Verantwortung für die Clubanlage und das Wohlergehen der vielen Gäste.

Sie seufzte und erhob sich wieder. Es wurde nun wirklich Zeit, dass sie unter die Decke kroch. Der nächste Morgen war nicht mehr fern, und da musste sie wieder fit sein.

Als sie das Appartement betrat, wunderte sie sich, dass die Tür offen war. Sie hatte die Geschwister doch ausdrücklich darum gebeten, die Tür abzuschließen, wenn sie alleine waren.

Leichtsinnige Vögel, die beiden, dachte sie. Sie schaltete das Licht nicht ein, um Marko und Jennifer nicht zu wecken, deren Zimmertüren Glasscheiben hatten. Der Mond schien ohnehin hell durchs Fenster herein und ließ die Umrisse der Einrichtung erkennen.

Als sie gerade die Badezimmertür öffnen wollte, hörte sie hinter sich im Raum ein leises Geräusch. Es klang wie das Rascheln, das entsteht, wenn Stoff an Stoff reibt. Es kam aus der Richtung von Markos Zimmer.

„Hallo, ist da jemand?“, fragte sie leise. „Bist du es, Marko?“

Sie machte einen Schritt in Richtung Eingang, weil sie nun doch das Licht anmachen wollte. In diesem Augenblick sah sie aus der Richtung, aus der auch das Geräusch gekommen war, eine dunkle Gestalt auf sich zueilen. Ehe sie sich's versah, wurde sie heftig angerempelt und zur Seite gestoßen.

Nun machte sich Andreas Taekwondo-Training bezahlt. Sie rollte sich instinktiv über die Schulter ab und kam mit einem Satz wieder auf die Beine. Sofort nahm sie die Kampfstellung ein. Durch diese Reaktion befand sie sich genau zwischen dem mysteriösen Eindringling und der Tür, durch die er offenbar fliehen wollte.

Er konnte natürlich nicht wissen, dass er es mit einer kampferprobten, durchtrainierten Frau zu tun hatte. Als er versuchte, sie erneut zur Seite zu stoßen, sprang Andrea aus dem Stand in die Höhe und trat dem Angreifer mit Wucht gegen den Brustkorb. Dabei stieß sie den kehligen Kampfschrei der Taekwondo-Kämpfer aus.

Die Gestalt gab einen Schmerzenslaut von sich. Der Tonlage nach handelte es sich um einen Mann. Der Tritt war so hart, dass der Eindringling gegen den Diwan prallte. Dabei riss er eine Vase vom Sockel, die mit einem lauten Knall auf dem Boden zerschellte.

Andrea stürzte auf den Mann zu. Doch bevor sie zupacken konnte, spürte sie einen harten Schlag auf den Kopf, und ihr wurde schwarz vor den Augen.

Als sie wieder zu sich kam, wurde sie vom Licht der Deckenlampe geblendet. Sie kniff die Augen zusammen und betastete ihren Kopf. Ihr war, als ob jemand hinter ihrer Stirn eine riesige Trommel schlagen würde. Da hörte sie eine Stimme. Es dauerte eine Weile, ehe ihr klar wurde, dass es Marko war, der sich um sie bemühte.

„Hallo, Andrea“, sagte der Junge und tätschelte ihr die Wange. Aber davon wurde das Dröhnen in ihrem Kopf nur noch schlimmer.

Langsam, wie in Zeitlupe, versuchte sie, sich aufzurichten. Dann wurde ein nasses, kühles Tuch auf ihre Stirn gelegt. Dieses Tuch wirkte so belebend, dass sie die Augen ganz öffnete. Sie entdeckte neben Marko Jennifer, die an ihrer Seite kniete.

Andrea griff sich an die Stirn und erfühlte eine feuchte, klebrige Stelle. Sie wischte mit den Fingerkuppen darüber. Es war Blut daran.

Langsam kehrte ihre Erinnerung zurück. „Wo ist dieser Mistkerl?“, fragte sie mit heiserer Stimme. Vorsichtig drehte sie den Kopf.

„Welcher Kerl?“, wollte Marko erstaunt wissen. „Wir dachten, du seist gefallen und hättest dich dabei am Kopf gestoßen. Ich bin von einem schrecklichen Knall aufgewacht. Als ich hier ins Zimmer kam, lagst du ohnmächtig neben dem Diwan, dicht bei der zerbrochenen Vase.“

Die Geschwister halfen Andrea auf das Sofa. Jennifer legte ihr mehrere Kissen unter den Kopf, damit sie bequem ruhen konnte.

„Als ich die Wohnung betrat, hat mich irgend so ein Typ angefallen. Im Mondlicht konnte ich ihn nur schemenhaft erkennen. Er hatte sich offenbar im Zimmer versteckt und wollte an mir vorbei zur Tür. Dabei hat er mich angegriffen, und ich habe mich natürlich gewehrt. Die Vase hat er während des Kampfes zerbrochen. Ich wollte ihn gerade unschädlich machen, als er mir mit irgendeinem harten Gegenstand auf den Kopf geschlagen hat. Dann ist mir der Film gerissen." Andrea erholte sich langsam wieder.

Jennifer eilte ins Bad und holte ihr ein Glas Wasser.

„Das war ja ein richtiger Überfall!", rief Marko empört. „Wir müssen sofort die Polizei rufen."

Andrea trank einen Schluck, dann erhob sie sich. Einen Augenblick war ihr noch ein bisschen schwindelig, dann stand sie wieder sicher auf den Beinen.

„Ich frage mich, was ein Einbrecher bei uns sucht", meinte Jennifer ratlos. „Wir haben kaum Geld dabei, besitzen weder wertvolle Fotoapparate noch Schmuck."

Andrea ging vorsichtig in Richtung Badezimmer. „Weiß der Himmel, was der wollte! Jedenfalls habe ich ihm einen ordentlichen Tritt verpasst. Wetten, dass ihm der Brustkorb heute ganz schön wehtut?" Sie versuchte zu lächeln. Dann tastete sie sich zum Spiegel. Vorsichtig fuhr sie über die blutige Stelle vorne rechts am Haaransatz. Das tat zwar ziemlich weh, aber es war nur eine kleine Platzwunde. Verletzungen am Kopf bluten immer stark, sodass es meist schlimmer aussieht, als es in Wirklichkeit ist.

Sie musterte die besorgten Gesichter der Geschwister, die in der Badezimmertür standen.

„Jetzt schaut nicht so drein, als würde ich schon den Kopf unter dem Arm tragen! Bei meinen sportlichen Aktivitäten habe ich schon öfter mal eine Schramme abgekriegt. Diese hier wird jetzt gereinigt und desinfiziert. Dann kommt ein Pflaster drauf. Noch eine Kopfschmerztablette, und schon bin ich wieder wie neu! – Ihr könnt also ruhig wieder ins Bett gehen. Ich komme schon zurecht."

„Und was ist, wenn der Kerl zurückkommt?", sorgte sich Marko.

„Meint ihr wirklich, dass er Lust hat, sich noch einmal mit mir anzulegen? Wahrscheinlich läuft der immer noch davon und ist schon fast in Hurghada“, scherzte sie. „Sollte Gefahr drohen, schreie ich. Versprochen.“

Als die beiden draußen waren, lehnte sie ihre Stirn gegen den kühlen Spiegel.

So richtig wohl war den Geschwistern nicht, als sie sich wieder hinlegten. Marko fragte sich noch immer, was der Kerl hier gesucht haben konnte. Wo war er hergekommen? Warum war er ausgerechnet bei ihnen eingebrochen? Offenbar hatte er einen Nachschlüssel gehabt, denn das Schloss war nicht beschädigt. Lauter Fragen, auf die er keine Antwort wusste ...

Bevor er sich wieder hinlegte, stellte er eine leere Colaflasche neben sein Bett. Sicher keine ideale Waffe, aber besser als gar nichts.

Marko wurde durch laute Stimmen geweckt, die aus dem Nachbarappartement drangen. Träge wälzte sich der Junge im Bett herum und sah auf seine Armbanduhr. Sieben Uhr. Waren die Müllers jetzt völlig durchgeknallt? Mitten in der Nacht!

Da fiel ihm schlagartig das Ereignis der

Nacht ein, und er war hellwach. Er erhob sich und schlurfte aus dem Zimmer. Er wollte nachsehen, wie es Andrea ging.

Vorsichtig lugte er durch die Glasscheibe der Tür in ihr Zimmer. Das Bett war leer. Er marschierte in den Wohnraum. Dort entdeckte er einen Zettel, der auf der Tischplatte lag. Sie sei wieder einigermaßen fit, schrieb Andrea, und sie sollten sich keine Sorgen machen.

In diesem Augenblick schlug nebenan eine Tür knallend zu. Marko zuckte zusammen. Das nervte vielleicht! In diesem Augenblick wurde heftig an die Eingangstür des Appartements geklopft. Er runzelte die Stirn. Was war denn jetzt schon wieder los? Bestimmt war das einer von diesen lärmenden Müllers!

Der Junge ging zur Tür und öffnete. Er hatte Recht mit seiner Vermutung. Draußen stand Frau Müller im Kimono, ihre Haare waren völlig zerzaust.

„Kann ich bitte mal eure Tante sprechen?", fragte sie aufgeregt.

„Tut mir Leid", erklärte Marko, „sie ist schon bei der Arbeit." Während er noch sprach, sah er die rot gelockten Köpfe von Patty und Chris hinter ihrer Mutter auftauchen. Die beiden trugen nur Shorts. Sie hatten offenbar heute auch noch kein Badezimmer von innen gesehen.

„Bei uns ist eingebrochen worden!", plärrte Chris, ehe seine Mutter ein Wort sagen konnte. Man konnte eher den Eindruck haben, dass er begeistert war anstatt erschrocken.

„Alles durchwühlt", ergänzte Patty trocken.

„Haltet eure vorlauten Schnäbel!", schimpfte die Mutter genervt.

„Meinen Gameboy hat der Einbrecher mitgehen lassen", rief Patty noch schnell, dann verdrückten sich die beiden wieder im Appartement.

„So ein Unsinn!", fuhr Frau Müller fort. „Wahrscheinlich liegt er wieder unter dem Berg unaufgeräumter Kleider, den die beiden in ihrem Zimmer aufgehäuft haben. – Allerdings ist es eine Tatsache, dass heute Nacht eine fremde Person in unserem Appartement war und im Wohnraum rumgestöbert hat. Es fehlt aber nichts. Zumindest nicht auf den ersten Blick. Trotzdem werden wir Anzeige erstatten. Es ist doch ein Skandal, dass diese Anlage hier nicht richtig bewacht wird und Fremde sich einschleichen können!" Mit diesen Worten kehrte sie in ihre Räume zurück.

Inzwischen war auch Jennifer aufgewacht. Sie hatte jedoch ihr Zimmer nicht verlassen, weil sie Frau Müller an der Tür gehört hatte.

„Du hast alles mitgehört?“, fragte Marko.

Jennifer nickte.

„Ich geh mal gleich los und sage Erik Bescheid. Es ist wahrscheinlich besser, wenn er hierher kommt. Sonst schreien die Müllers noch den ganzen Club zusammen.“ Während er das Appartement verließ, las Jennifer Andreas Nachricht.

Marko fand Andrea im Frühstücksraum bei den Vorbereitungen zum Büfett.

Der Junge gab ihr einen Wink. Erstaunt trat sie zu ihm.

„Du musst dir wirklich keine Sorgen machen“, begann sie, „mir geht es ganz gut.“

„Das ist schön“, erwiderte Marko. „Aber das ist nicht der Grund, weswegen ich hier bin. Frau Müller hat gerade bei uns geklopft. Sie wollte dich sprechen, weil offenbar auch bei ihr heute Nacht jemand im Appartement war. Jetzt will sie, dass Erik die Polizei verständigt. Ich dachte, ich sag Bescheid, damit sie nicht alle anderen Gäste in Aufruhr versetzt.“

„Das hast du gut gemacht", lobte Andrea. „Der Kerl hat offenbar noch andere Apparte-ments heimgesucht." Sie legte Marko die Hand auf die Schulter. „Ich habe bisher zu Erik noch nichts gesagt, weil ich keine Gelegenheit dazu hatte. Er hat sich heute noch nicht sehen lassen. – Komm, wir gehen zur Rezeption. Vielleicht ist er direkt ins Büro gegangen."

Sie entschuldigte sich kurz bei den anderen, dann eilte sie mit Marko zum Empfangsgebäu-de. Unterwegs trafen die beiden auf Ibrahim. Er lachte ihnen freundlich zu und rief „Viel Ar-beit!", dann war er auch schon an ihnen vorbei-geeilt.

Andrea und Marko bemerkten nicht, dass er nach einigen Metern stehen blieb und ih-nen prüfend über die Schulter nachblickte. Das Lachen war aus seinem Gesicht ver-schwunden.

Erik war tatsächlich schon im Büro. Er er-schrak sichtlich, als die beiden mit besorgter Miene hereingestürmt kamen. Er wirkte nervös und angespannt.

Andrea fiel gleich mit der Tür ins Haus. „Ich will dir nur sagen, dass bei uns heute Nacht jemand ins Appartement eingedrungen ist.

Wahrscheinlich ein Einbrecher. Ich habe den Burschen auf frischer Tat ertappt und ihm einen ordentlichen Tritt verpasst. Leider hat er sich dafür mit einem Schlag auf meinen Kopf bedankt und mich damit für einige Zeit außer Gefecht gesetzt. So konnte er entkommen."

Erik hob den Kopf und blickte Andrea streng an. „Was ist denn das für ein Unsinn! Woher willst du denn wissen, dass es ein Einbrecher war?", fragte er.

„Was für eine Frage!", rief Andrea verwundert. „Es war ein Geist, und ich schlage mir jeden Tag aus lauter Freude selbst den Kopf blutig – sehr witzig."

„Hast du ihn denn erkannt?", fragte Erik.

„Nein, dann hätte ich dir doch gleich seinen Namen genannt", versetzte Andrea genervt.

„Ist ja schon gut", sagte Erik beschwichtigend. „Es ist nur äußerst ungewöhnlich, dass bei uns eingebrochen wird."

„Auch bei Müllers im Nebenappartement war offenbar jemand", ergänzte Marko. „Frau Müller ist total sauer und will, dass die Polizei verständigt wird."

Erik schien wie elektrisiert. „Die Polizei! Was

für ein Unsinn! Die Leute haben wirklich keine Ahnung, was hier in diesem Land vorgeht. In den Großstädten wimmelt es von großen und kleinen Ganoven. Da wird sich die Polizei um einen läppischen Einbruch kümmern!"

„Zwei", verbesserte Marko.

„Was, wie?", fragte Erik. Er konnte nicht ganz folgen.

„Zwei Einbrüche", ergänzte Marko. „Bei uns war der Kerl ja auch."

„Ach so ... ja ... also gut, zwei Einbrüche. – Was ist denn überhaupt gestohlen worden?", fragte der Clubmanager und erhob sich.

„Bei uns offensichtlich nichts", sagte Andrea, „wahrscheinlich deshalb, weil ich ihn gestört habe."

„Frau Müller konnte auch nicht sagen, ob etwas fehlt", berichtete Marko. „Trotzdem besteht sie auf einer Anzeige bei der Polizei."

„Ich werde mit der Frau reden", entschied Erik. „Wenn nichts weggekommen ist, brauchen wir doch nicht so ein Theater zu veranstalten. Das würde nur Unruhe bei den anderen Gästen stiften. Die wollen sich doch hier erholen und nicht mit irgendwelchem Alltagsstress konfrontiert werden. Bei einer polizeilichen

Untersuchung gäbe es gewaltigen Ärger mit der Geschäftsführung des Clubs."

Er stand auf. Dabei stöhnte er und krümmte sich. Er griff sich an die Brust. „So ein Mist!", schimpfte er. „Gestern hat mir beim Surfunterricht ein Gast das Rigg seines Bretts gegen die Rippen geknallt." Nach dieser Erklärung schnappte er sich seine Baseballmütze vom Haken und verließ zusammen mit Andrea und Marko das Büro. Unverzüglich machten sie sich auf den Weg zu den Wohngebäuden.

Andrea hing ihren Gedanken nach. Irgendwie verhielt sich Erik merkwürdig. Er hatte nicht gefragt, ob bei den Müllers jemand verletzt worden war. Erst als sie erwähnt hatte, dass Frau Müller die Polizei informieren wollte, hatte er sich aufgeregt. Da war doch irgendetwas faul ...

EIN MYSTERIÖSER FUND

Erik klopfte an die Tür des Appartements. Walter und Dorothea Müller redeten immer noch aufgeregt über den nächtlichen Vorfall.

„Schaut euch diesen Schweinestall an. Der Kerl hat alles durchwühlt ...“, schimpfte Frau Müller, nachdem Erik und Andrea die Räume betreten hatten.

Marko blieb im Türrahmen stehen.

Jennifer hatte nebenan die Unterhaltung gehört, kam herbei und gesellte sich nun zu ihrem Bruder.

„Was ist denn weggekommen?“, fragte der Clubmanager. „Hatten Sie Wertsachen im Zimmer? Sie wissen hoffentlich, dass man die clubeigenen Safes benutzen sollte. Wir weisen ausdrücklich in einem Merkblatt darauf hin.“

„Wir haben wirklich nichts Wertvolles hier“, antwortete Herr Müller. „Das wenige Bargeld bewahre ich an einer sicheren Stelle auf. Da ist keiner drangekommen."

„Haben Sie denn nichts gehört?", mischte sich Andrea ins Gespräch ein. „Der Kerl kann das alles doch nicht lautlos gemacht haben."

Die Müllers schüttelten einmütig den Kopf. „Wir hatten die stressige Busfahrt nach Luxor hinter uns und waren total fertig", erklärte Walter Müller. „In dieser Nacht haben wir geschlafen wie die Murmeltiere."

Andrea musterte noch immer nachdenklich die Gepäckstücke, die im Zimmer verstreut herumlagen. Ihr war etwas aufgefallen. „Das Gepäck hier besteht ja nur aus mehreren kleinen Rucksäcken. Ich vermute mal, dass das die Sachen sind, die Sie auf der Busfahrt und in Luxor dabeihatten."

„Das ist richtig", bestätigte Frau Müller.

„Das heißt, Ihre Schränke und Ihr großes Gepäck wurden nicht durchsucht."

Wieder gab ihr Frau Dorothea Müller Recht. „Die Koffer haben wir bei uns in den Schlafräumen."

Erik unterbrach die detektivischen Überlegungen seiner Mitarbeiterin. „Nachdem kein wirklicher Schaden entstanden ist, sollten wir die Polizei aus dem Spiel lassen", schlug er vor. „In unser aller Interesse. – Ich werde dafür sorgen, dass künftig in der Nacht die Sicherheitsmaßnahmen auf dem Clubgelände verschärft werden, darauf können Sie sich verlassen. Ich habe mir auch schon überlegt, wie. Wir lassen Ibrahim nach Mitternacht Streifengänge machen. Ich denke, damit ist das Problem gelöst. – Sind Sie einverstanden?"

Etwas zögernd stimmten die Müllers zu.

„Eine kleine Bitte noch", ergänzte Erik, nun sichtlich erleichtert. „Ich wäre Ihnen sehr dankbar, wenn Sie über die ganze Angelegenheit absolutes Stillschweigen wahren würden. Die anderen Clubgäste sollen nicht unnötig beunruhigt werden."

Auch dazu waren die Müllers bereit.

„Das gilt natürlich für alle Anwesenden", ergänzte Erik und sah Andrea und die Geschwister streng an. Sie nickten zustimmend.

Daraufhin verabschiedete er sich und lief hektisch davon. Andrea ließ er einfach stehen.

„Warum hat er es denn plötzlich so eilig?", fragte Jennifer.

Marko zuckte mit den Schultern. „Es ist doch eigentlich ganz normal, dass er sich über einen

Einbruch im Club aufregt. Wahrscheinlich wird er jetzt die Nachtwache organisieren."

Die drei verabschiedeten sich von Familie Müller.

„Wir sehen uns dann beim Schnorchelkurs", rief Patty ihnen noch hinterher.

Marko verzog das Gesicht. Eigentlich hatte er heute gar keine Lust aufs Tauchen. Die Ereignisse der vergangenen Nacht gingen ihm nach. Als sie hierher ans Rote Meer gekommen waren, hatte er gedacht, diesmal würde es ein schöner Faulenzerurlaub werden. So wie es aussah, wurden sie auch diesmal wieder in einen mysteriösen Fall hineingezogen.

„Ob Ibrahim der richtige Mann ist, um einen gewalttätigen Einbrecher zu vertreiben?", überlegte Andrea laut. Sie hatte da ihre Zweifel. Selbst sie mit all ihren Selbstverteidigungskünsten hatte Mühe gehabt, sich gegen den Eindringling zu wehren. Wie sollte da der harmlose Ibrahim etwas ausrichten können?

„Ja, Ibrahim ist nett, aber als Wächter ist er sicher nicht geeignet", stimmte Jennifer ihr zu.

Sie schlugen gemeinsam den Weg zum Frühstücksraum ein. Wenig später kamen auch die Müllers. Heute verhielten sie sich auffällig ruhig. Selbst Patty und Chris waren ungewöhnlich still.

Nach dem Frühstück ging Marko ins Appartement zurück. Er wollte seine Badehose und die Schwimmsachen holen.

Jennifer hatte schon vor dem Frühstück ihren Badeanzug angezogen. Sie wollte vor dem Kurs noch schnell ein paar Schnappschüsse machen und hatte den Bruder gebeten, ihr Sonnenöl mitzubringen.

Marko sah sich in seinem Zimmer um. Sehr ordentlich war er nicht. Überall lagen Gegenstände rum. Er nahm sein Badetuch vom Stuhl.

Nach dem Umziehen suchte er nach Jennifers Sonnenöl. Im Bad war es nicht. In ihrem Zimmer konnte er es auch nicht finden. Er wollte schon aufgeben, als er ihren kleinen Daypack neben dem Diwan auf dem Boden liegen sah. Dieser Minirucksack war normalerweise durch einen Reißverschluss mit dem großen Trekkingrucksack seiner Schwester verbunden. Sie benutzte diese Tasche, wenn sie zum Schwimmen ging. Einer Eingebung folgend, bückte er sich und öffnete den Daypack.

„Da ist es ja", brummte er und holte die angebrochene Flasche Sonnenöl heraus. Achtlos ließ er den Rucksack wieder zu Boden fallen. Dabei war ein leises metallisches Geräusch zu hören.

Marko stutzte und hob den Beutel wieder hoch. Hatte er ihn auf etwas drauffallen lassen? Doch unter dem Daypack befand sich nichts.

Neugierig geworden, öffnete Marko den Beutel noch einmal und spähte hinein. Er wühlte in Handtüchern und Socken. Dann kippte er den ganzen Inhalt auf den Boden und tastete im leeren Rucksack herum. Er bemerkte, dass die Plastikeinlage, die den Boden verstärkte, etwas ausgebeult war. Mit einem heftigen Ruck riss er die Einlage, die mit Klettbändern am Boden angeheftet war, heraus. Als er nun hineingriff, erfühlte er ein etwa handtellergroßes Päckchen. Er nahm es in die Hand.

Ein harter Gegenstand war in Seidenpapier eingeschlagen, das mit Klebeband zusammengehalten wurde. Marko riss das Papier auf.

Er hielt ein ovales Schmuckstück in der Hand. Es war eine Art Amulett, das die Form eines Käfers hatte.

Marko verschlug es die Sprache. Das Stück war unbeschreiblich schön! Er erinnerte sich, etwas Ähnliches in Andreas Touristenprospekten gesehen zu haben. Wenn er sich nicht irrte, dann handelte es sich bei dem Käfer um einen Skarabäus, im alten Ägypten Symbol für den Sonnengott Re.

Was sollte er tun? War das der Grund, weswegen bei ihnen eingebrochen worden war? Wie kam der Skarabäus in Jennifers Rucksack? Marko war klar, dass das Amulett, sollte es echt sein, sehr wertvoll war.

Eine heiße Sache. Er musste so schnell wie möglich mit Andrea sprechen!

Suchend blickte er sich um. Er brauchte einen sicheren Platz, um seinen Fund zu verstecken. Wenig später verschwand das Schmuckstück, eingeschlagen in einem Paar zusammengelegter Socken, in seinem großen Rucksack. Dort war es vorerst einmal sicher.

Als Marko tief in Gedanken versunken die Wohnung verließ, merkte er nicht, dass ihn ein aufmerksames Augenpaar beobachtete.

Eine Stunde später trafen sich die „Seeteufel" am Steg. So sehr er sich auch bemüht hatte, Marko hatte Andrea vor dem Schnorchelkurs nicht mehr sprechen können.

Diesmal waren alle pünktlich. Hassan war natürlich schon vor ihnen da und hatte die Ausrüstung vorbereitet.

„Hallo“, begrüßte der Tauchlehrer seine Schüler, „ich freue mich, dass wir heute vollzählig sind.“ Er nickte Anne, Patty und Chris freundlich zu.

Doch es schlug ihm nicht gerade Begeisterung entgegen.

Hassan runzelte verwundert die Stirn. „Na, was ist denn heute mit meinen Seeteufeln los? Ich habe den Eindruck, man müsste euch heute eher als Seeigel bezeichnen. Habt ihr keine Lust?“

„Doch, doch“, erwiderte Marko schnell, „wir sind vielleicht noch nicht so richtig ausgeschlafen.“ Er warf Patty und Chris einen warnenden Blick zu. Sie hatten Erik ja fest versprochen, nichts von dem Einbruch verlauten zu lassen. Das galt sicher auch gegenüber Hassan.

Wenig später warf der junge Mann den Motor des Schlauchboots an, und sie legten ab. Wieder war das Wetter hervorragend. Beste Voraussetzungen zum Schnorcheln.

Sie hatten kaum hundert Meter zurückgelegt, als plötzlich ein schrilles Klingeln ertönte.

Alle sahen erstaunt auf. Es war Hassans Handy. Es übertönte sogar den Motorenlärm.

Hassan drehte das Gas zurück, und das Motorengeräusch reduzierte sich auf ein gemütliches Tuckern. Er zog das Handy aus der Hemdtasche und meldete sich. Es folgte ein kurzes Gespräch in arabischer Sprache.

Danach wandte sich Hassan an seine Truppe. „Kids, es tut mir Leid, aber der Schnorchelunterricht muss heute leider ausfallen. Ich muss dringend nach Hurghada."

Seine Schüler zogen lange Gesichter.

„Wir werden die Stunde so schnell wie möglich nachholen", versprach er. Dann gab er wieder Gas und wendete schwungvoll. Wenig später standen sie wieder auf der Plattform.

Hassan schien es wirklich eilig zu haben. Nachdem er das Boot vertäut hatte, winkte er nur kurz zum Abschied, dann rannte er davon. Die Schnorchelausrüstung ließ er achtlos liegen.

„Ich springe in den Pool", verkündete Patty. „Wer macht mit? Wir könnten ein wenig Wasserball spielen."

Anne, Jennifer und Chris waren einverstanden. Sie sahen Marko fragend an.

„Darauf habe ich keine Lust“, erklärte er. „Ich bleibe ein bisschen hier sitzen.“

Die anderen zuckten mit den Schultern. Jennifer sah ihren Bruder prüfend an. Offenbar wollte er wirklich alleine sein. Sie schloss sich den anderen an.

Irgendwie war Marko ganz froh, jetzt in Ruhe über seine Entdeckung nachdenken zu können. Wie sollte er sich verhalten? Sollte er die Polizei einschalten? Vielleicht war das Schmuckstück nur eine billige Kopie? Warum sollte sich aber jemand die Mühe machen, eine Fälschung in ihr Gepäck zu schmuggeln?

Überhaupt, was machte es für einen Sinn, ein wertvolles Amulett bei ihnen zu verstecken? Normalerweise pflegten Einbrecher solche Wertgegenstände zu stehlen und nicht zu bringen.

Marko beobachtete einige Surfer, die sich ein Stück weiter draußen auf dem Wasser tummelten. Dann fiel sein Blick auf die Tauchausrüstung im Schlauchboot. Plötzlich stand er auf. Hassan würde sicher nichts dagegen haben, wenn er hier in Ufernähe ein wenig schnorchelte.

Der Junge fischte seine Flossen, die Taucherbrille und seinen Schnorchel aus dem Durcheinander, zog die Sachen an und ließ sich von der Plattform ins Wasser gleiten. Sein T-Shirt ließ er im Schlauchboot zurück. Mit kräftigen Flossenschlägen entfernte er sich vom Steg.

Schon bald hatte er eine geeignete Stelle erreicht. Durch den Schnorchel mit Luft versorgt, glitt er durch das Wasser und beobachtete die Bewohner der Korallen, die vor seinem Schatten davonjagten. Wahrscheinlich hielten sie ihn für einen großen Fisch.

An einer besonders schönen Stelle holte er tief Luft und tauchte hinunter. In nur fünf Metern Tiefe erreichte er die Korallen. Er hielt sich an einem der Äste fest, vorsichtig, damit er ihn nicht abbrach. Kaum verhielt er sich ruhig, wandelte sich die Vorsicht der Fische in Neugierde. Ruckartig kamen sie näher, bis sie schließlich vorwitzig an den Spitzen seiner Flossen herumknabberten.

Als ihm die Luft knapp wurde, tauchte er wieder auf. Er pustete mit der Restluft das Wasser aus dem Schnorchel und schwamm weiter. Mehrmals hintereinander tauchte er. Dabei bemerkte er nicht, dass er sich immer weiter vom Strandbereich des Clubs entfernte.

Als er unter Wasser die Fische beobachtete, sah er plötzlich, nicht weit von sich entfernt, einen großen, dunklen Schatten durch das Wasser gleiten.

Marko erstarrte. Sein erster Gedanke war: ein Hai! Er spürte, dass ihm die Atemluft ausging. Er musste dringend auftauchen! Panik ergriff ihn. Er konnte nicht mehr klar denken. Endlich stieß er sich ab und schwamm nach oben. Dabei blickte er sich ständig nach dem schwarzen Schatten um.

Keuchend durchstieß er die Wasseroberfläche. Bis zum Ufer waren es gut hundertfünfzig Meter. Er schwamm, so schnell er konnte. Ständig hatte er das schreckliche Gefühl, dass unter ihm irgendein Monster lauerte, das ihn jeden Moment angreifen konnte.

Plötzlich tauchte dicht vor ihm ein schwarzer Kopf auf. Marko schluckte vor lauter Schreck Wasser und bekam einen Hustenanfall.

Es dauerte einen Augenblick, bis er erkannte, dass nicht sein letztes Stündlein geschlagen hatte. Es war ein Taucher mit Brille und Atemmaske in einem dunklen Neoprenanzug, der vor ihm im Wasser schwamm. Marko fiel ein Stein vom Herzen.

Der Taucher sah sich kurz um, dann machte er einen Schwimmzug auf Marko zu. Hastig packte er den Jungen am Arm und drückte ihn unter Wasser.

Marko, der von diesem Angriff völlig überrumpelt wurde, strampelte wild und schlug um sich. Der Taucher ließ los. Wasser speiend kam Marko wieder an die Oberfläche.

„Wir wissen, dass du das Amulett des Sonnengottes gefunden und an einem anderen Ort versteckt hast", sagte der Mann mit rauer Stimme. Das Mundstück seines Atemgeräts baumelte vor seinem Mund. „Bring es sofort wieder dorthin, wo du es gefunden hast und kümmere dich nicht mehr darum. Sag das auch deiner Schwester und eurer Begleiterin. Egal, was passiert, erzählt niemand etwas davon, sonst ..." Statt den Satz zu vollenden packte er Marko erneut und drückte ihn unter die Wasseroberfläche.

Nachdem der Junge keuchend wieder auftauchte, war der Taucher verschwunden.

Markos Herz schlug wild. Er hatte nur noch einen Gedanken: So schnell wie möglich an Land zurückzukehren.

Als Marko das seichte Wasser erreicht hatte,

taumelte er an den Strand und ließ sich in den Sand fallen. Er riss die Taucherbrille vom Kopf und warf sie achtlos neben sich.

Nach einer Weile gelang es ihm, seine wirren Gedanken zu ordnen. War das eben nur ein Albtraum gewesen, oder war es wirklich geschehen? Er richtete sich auf und starrte aufs Wasser. Ein paar Surfer kreuzten ein Stück weiter draußen, sonst war nichts zu sehen: kein Schiff, kein Boot, kein Taucher.

Nachdem sich Marko etwas erholt hatte, stand er auf und trottete langsam am Strand zum Clubgelände zurück. Keine zehn Pferde hätten ihn wieder ins Wasser gebracht.

Im Appartement war niemand. Nass wie er war, ließ er sich auf den Diwan fallen. Er war total erschöpft. Noch niemals in seinem Leben war er einer solchen Bedrohung ausgesetzt gewesen.

Woher wusste der Kerl, dass er das Amulett gefunden hatte? Er sah sich ängstlich um. Hatten die Wände Augen?

Er stand auf und sah nach Jennifers Daypack. Dieser stand noch immer dort, wo er ihn abgestellt hatte. Plötzlich erstarrte er. Wenn er sich recht erinnerte, hatte er die Sachen herausgeschüttet, und, nachdem er das Amulett gefunden und versteckt hatte, am Boden liegen gelassen. Jetzt war wieder alles in den kleinen Rucksack hineingestopft. Der Junge atmete tief durch. In seiner Abwesenheit war wieder jemand im Appartement gewesen!

Marko merkte, dass ihm die Sache langsam über den Kopf wuchs. Er musste sich unbedingt mit Andrea unterhalten, sonst drehte er noch durch. Fluchtartig verließ er das Appartement und machte sich auf die Suche nach ihr.

Er kam in der Nähe des Hauses vorbei, in dem die Gemeinschaftsräume waren. Er warf einen Blick hinein. Hier war Andrea nicht. Als er das Haus wieder verließ, kam er an den Räumen vorbei, in denen, wie er wusste, die Sportgeräte des Clubs gelagert wurden.

Er zögerte einen Augenblick. Wenn man die Sache logisch betrachtete, konnte der Taucher, der ihn bedroht hatte, nur vom Clubgelände oder von einem Boot gekommen sein. Ein Boot hatte er aber an der Stelle, an der er geschnorchelt hatte, nicht gesehen.

Marko drückte die Klinke zur Tür des Lagerraums herunter, in dem die Tauchausrüstungen aufbewahrt wurden. Sie war verschlossen.

Doch der Junge gab nicht so schnell auf. Er verließ das Gebäude und umrundete es. Räume, in denen feuchte Geräte und Tauchanzüge gelagert wurden, mussten mindestens ein Fenster haben.

Marko hatte das Fenster schnell gefunden. Es war tatsächlich gekippt.

Hastig spähte der Junge nach allen Seiten. Die nähere Umgebung der Rückseite des Gebäudes war mit reichlich Grün bepflanzt. Ein paar niedere Bäume gaben zusätzlichen Sichtschutz. Die Wahrscheinlichkeit, dass er entdeckt wurde, war eher gering.

Er sah sich nach einem Gegenstand um, auf den er klettern konnte, damit er an das Fenster herankam. Für sein Vorhaben musste er einen ruhigen Stand haben.

Ein Stück entfernt stand ein Schubkarren. Wahrscheinlich benötigte ihn der Gärtner für seine Arbeit. Kurz entschlossen packte Marko den Karren, schob ihn unter das Fenster und kletterte hinauf. Jetzt konnte er mit der Hand in den Spalt zwischen Fenster und Rahmen fassen. Ein erwachsener Mann hätte Probleme gehabt, aber Marko konnte mit den Fingern nach dem Hebel greifen.

Mit viel Ausdauer gelang es ihm, den Wirbel in die Stellung zu bringen, in der das Fenster aufging. Er musste es festhalten, weil es jetzt nur noch von einem Scharnier gehalten wurde. Langsam ließ er es nach innen gleiten.

Nach einem letzten Blick zurück schwang sich Marko über den Fenstersims und stieg hinein. Sofort stellte er den Hebel wieder um und schloss das Fenster.

Vorsichtig blickte er sich um. Überall an den Wänden standen Regale, auf denen Tauchgeräte lagen. Sauerstoff-Flaschen, Brillen, Schwimmflossen, Gürtel mit Gewichten, Messer und Kompressormaschinen zum Füllen von Sauerstoff-Flaschen. Es roch stark nach Gummi.

Schnell fand Marko, was er suchte: die Taucheranzüge. Fein säuberlich aufgereiht hingen sie an Wandhaken.

Der Junge überlegte angestrengt. Wie hatte der Taucheranzug des Mannes ausgesehen, der ihn bedroht hatte? War die Taucherbrille gelb oder grün gewesen? So sehr er sich den Kopf zerbrach, es fiel ihm nicht mehr ein.

Er ging auf einen der Neoprenanzüge zu. Vorsichtig fuhr er mit der Hand über die raue Oberfläche. Sie war noch nass! Hastig strich

Marko über die anderen Anzüge. Kein Tropfen Wasser. Sie waren heute noch nicht benutzt worden.

Er eilte zu den Schwimmflossen. Nach einiger Zeit fand er ein feuchtes Paar. Ebenso untersuchte er die Taucherbrillen. Bei einer von ihnen war die Sichtscheibe beschlagen.

Marko lehnte sich gegen das Regal. Sein Gefühl hatte ihn also nicht getrogen: Der Taucher, der ihn bedroht hatte, war also tatsächlich aus der Clubanlage gekommen! Eine andere Erklärung konnte es für den einzelnen feuchten Taucheranzug nicht geben. Und da nur Mitarbeiter freien Zugang zu den Taucherausrüstungen hatten, musste der Verbrecher unter ihnen zu finden sein.

Marko lauschte an der Tür. Als er sich davon überzeugt hatte, dass sich draußen nichts regte, schob er den Riegel auf und verließ den Raum. Er konnte die Tür zwar nicht mehr zuschließen, aber das war ihm egal. Mochte sich über den unverschlossenen Raum Gedanken machen, wer das wollte.

Nun setzte er seine Suche nach Andrea fort. Sie musste unbedingt erfahren, was hier vorging!

Er fand sie in der Nähe des Golfplatzes auf einer Wiese, wo sie gerade mit einer Gruppe Cluburlauber Gymnastik machte.

Marko setzte sich am Rande des Platzes ins Gras und schaute zu. Als Andrea ihn sah, winkte sie ihm fröhlich zu. Marko wartete voller Ungeduld, bis der Kurs beendet war und Andrea zu ihm herkam. Während sie sich mit einem umgehängten Handtuch den Schweiß von der Stirn wischte, fragte sie: „Na, hast du Langeweile? Ich dachte, du und Jennifer, ihr wärt beim Schnorcheln?“

Als sie Markos ernstes Gesicht bemerkte, fragte sie ihn besorgt: „Was ist los?“

„Es ist etwas Schlimmes passiert“, erwiderte der Junge.

Andrea erschrak. „Ist Jennifer etwas zugestoßen?“

„Nein“, erwiderte Marko, „komm bitte etwas beiseite, damit uns niemand hört.“

Verwundert folgte sie ihm.

Sie erreichten eine Palmengruppe und setzten sich dort ins Gras, nachdem sich der Junge davon überzeugt hatte, dass sie unbeobachtet waren.

Als Marko seinen Bericht beendet hatte, war

Andrea völlig entsetzt. „Ich kann das alles gar nicht glauben. Geht es dir auch wirklich gut?"

„Ja, ich bin nur ziemlich erschrocken. Für einen Augenblick glaubte ich, es sei alles aus. – Wir müssen uns nur überlegen, was wir tun können. Offenbar wissen irgendwelche Leute aus dem Club, die ein Interesse an diesem Amulett haben, über alle unsere Schritte Bescheid."

Andrea runzelte grübelnd die Stirn. „Wir dürfen auf keinen Fall irgendetwas tun, was uns noch mehr in Gefahr bringt. Wer auch immer dahinter steckt, ist bereit, Gewalt anzuwenden."

„Solange dieses Ding bei uns im Zimmer und in Jennifers Daypack ist, werden sie wohl nichts unternehmen. – Ich verstehe nur nicht, was das alles soll." Marko stützte den Kopf in die Hände. „Ich glaube, wir sind da in eine Sache reingeraten, die eine Nummer zu groß für uns ist. Vor allen Dingen: Woher wissen die Typen so gut über uns Bescheid? Keiner war dabei, als ich das Amulett aus Jennifers Rucksack in meinen umgepackt habe. Ich habe das Gefühl, wir werden ständig beobachtet."

Andrea sah auf ihre Armbanduhr. „Ich muss

jetzt leider in die Küche", erklärte sie. „Du solltest Jennifer informieren. Ich sehe zu, dass ich heute Abend etwas früher von der Arbeit komme. Wir sollten uns dann in aller Ruhe darüber unterhalten, was wir unternehmen wollen. Okay?"

Marko erklärte sich einverstanden.

Andrea eilte davon. Sie war aufs Äußerste beunruhigt. Zunächst überlegte sie, ob sie mit Erik über die Angelegenheit reden sollte, verwarf diesen Gedanken aber wieder, weil es ihr zu gefährlich schien. Ein unbestimmtes Gefühl sagte ihr, dass mit dem Mann irgendetwas nicht stimmte. Und der Taucher hatte Marko gedroht für den Fall, dass er anderen von dem Geheimnis erzählte. Und das war sicher nicht als Scherz gemeint gewesen!

Den Rest des Tages verbrachten Jennifer und Marko mit Faulenzen am Swimmingpool. Ihr Appartement mieden sie, so gut es ging, weil es ihnen dort nicht mehr geheuer war. Die Stimmung der beiden war ziemlich gedrückt.

Jennifer hatte nicht einmal mehr Lust, ihrem Fotohobby nachzugehen, so entsetzt war sie über das, was Marko zugestoßen war.

Um elf Uhr abends kam Andrea von der Arbeit zurück. Die Geschwister saßen schweigend vor dem Fernsehapparat und sahen sich einen Spielfilm an.

Andrea machte ihnen Zeichen, ihr zu folgen. „Es ist vielleicht besser, wenn wir uns am Pool unterhalten", meinte sie, nachdem sie die Wohnräume verlassen hatten. „Da kann uns bestimmt keiner hören."

Sie waren nur wenige Meter gegangen, als ihnen Ibrahim entgegenkam. Offenbar war er auf seiner Wachrunde. Andrea und die Geschwister nickten ihm freundlich zu und wollten an ihm vorbeigehen. Doch der Ägypter blieb stehen und legte Andrea die Hand auf die Schulter. Sie zuckte zusammen und nahm instinktiv eine Abwehrhaltung ein. „Was ist los?", fragte sie knapp.

„Wir müssen sprechen", erklärte Ibrahim mit gesenkter Stimme. „Aber nicht hier. Wir treffen uns in zehn Minuten am Eingang vom Golfplatz. Es ist sehr wichtig!" Er nickte kurz, dann eilte er weiter.

Die drei sahen ihm erstaunt nach. Bisher hatte der Mann immer nur wenige Brocken Deutsch von sich gegeben. Jetzt hatte er viel flüssiger geklungen. Hatte Ibrahim womöglich ein Geheimnis?

„Was ist, wenn Ibrahim zu der Bande gehört?“, fragte Jennifer und sprach damit aus, was die anderen beiden dachten.

„Ihr bleibt hier“, entschied Andrea. „Ich gehe allein zum Golfplatz.“

Aber Jennifer ließ nicht mit sich reden: „Du darfst auf keinen Fall alleine gehen. Wenn wir zu dritt sind, werden die Verbrecher sich hüten, uns etwas zu tun.“

Andrea zögerte kurz, dann gab sie nach. Sie hätte sich alleine auch nicht wohl in ihrer Haut gefühlt.

So eilten die drei unverzüglich zu dem geheimen Treffpunkt.

EIN GEFÄHRLICHER PLAN

Es dauerte nur wenige Minuten, da trat Ibrahim auch schon aus dem Dunkel jenseits des beleuchteten Weges.

Als Andrea hinter dem Ägypter eine männliche Gestalt erkannte, war sie sofort alarmiert.

Ibrahim wirkte überhaupt nicht mehr unbeholfen. Er war sehr ernst und nickte den drei Wartenden nur kurz zu.

„Das ist ja Hassan!", flüsterte Jennifer betroffen, als sie den Tauchlehrer erkannte.

Marko war erschüttert. Er hätte dem jungen Mann niemals zugetraut, zu einer Bande zu gehören.

Hassan kam ohne große Umschweife zur Sache. „Ihr habt in eurem Appartement ein Amulett des Sonnengottes Re gefunden", stellte er fest, während Ibrahim aufmerksam nach allen Seiten spähte. „Danach seid ihr bedroht worden. Stimmt das?"

„Wenn du das schon alles weißt, warum fragst du dann?", erwiderte Andrea. Sie hatte dieses Katz-und-Maus-Spiel satt. „Wir haben bisher mit niemandem darüber gesprochen. Ihr miesen Verbrecher, sagt uns endlich, was ihr wollt und lasst uns endlich in Ruhe!"

„Moment", fuhr Hassan fort, „es ist nicht so, wie du denkst." Er griff in seine Hemdtasche und holte eine rechteckige Karte hervor, die er Andrea vor die Nase hielt.

So viel sie bei der schlechten Beleuchtung erkennen konnte, handelte es sich um einen Ausweis.

„Das hier ist Ibrahim Yahallur, und mein Name ist Hassan Nassir. Wir sind beide Ermittlungsbeamte bei der Kriminalpolizei in Hurghada."

Diese Nachricht schlug ein wie eine Bombe. Andrea und die Geschwister starrten die beiden Männer ungläubig an.

Auch Ibrahim kramte nun seinen Ausweis hervor. „Also, keine Angst mehr", sagte er und lächelte.

„Ibrahim ist mein Vorgesetzter", fuhr Hassan fort. „Er hat mich aber gebeten, euch alles zu erklären, da ich besser Deutsch spreche als er.

Hört mir also bitte gut zu, denn wir können hier nicht so lange beisammen bleiben."

Sie setzten sich auf die Bank und Hassan begann: „Wir haben herausgefunden, dass eine Bande von Antiquitätenräubern seit einiger Zeit regelmäßig wertvolle Fundstücke aus der ägyptischen Geschichte ins Ausland schmuggelt. Wir wissen, wer zur Bande gehört, und wir wissen auch, wie der Schmuggel vor sich geht. Die Gegenstände werden heimlich im Gepäck harmloser Touristen versteckt, die davon nichts wissen. Meist wird das Gepäck von Kindern ausgewählt, weil es nicht so genau kontrolliert wird. Im Heimatland wird dann das Gepäckstück, das den Gaunern natürlich genau bekannt ist, bereits auf dem Flughafen gestohlen. Und schon ist der Transport gelungen! Wir hätten die Bande schon lange auffliegen lassen können, hatten aber bisher noch keine ausreichenden Beweise, um Erik Römer, den Chef, verhaften zu können."

Marko und Jennifer kamen aus dem Staunen nicht heraus.

„Erik soll ein Bandenchef sein?", rief Jennifer ungläubig.

Die beiden Polizisten nickten.

„Da Ibrahim und ich recht gut Deutsch sprechen“, erklärte Hassan weiter, „konnten wir uns hier einschleusen, `um Beweise zu sammeln. Das war sehr schwierig, weil dieser Erik die Schmutzarbeit nur von seinen Helfershelfern machen ließ. Wir mussten ihn zwingen, selbst zu handeln.“

„Erik ist sehr clever“, warf Ibrahim bekräftigend ein. „Er sucht die Leute aus, die als Mulis benutzt werden sollen. So nennt man in Verbrecherkreisen Menschen, die man als unwissende Transporteure heißer Ware verwendet. Den Rest erledigen die anderen Bandenmitglieder. Das sind meist Ägypter. Wir vermuten aber, dass auch unter den Animateuren Personen sind, die mit Römer unter einer Decke stecken.“ Er sah sich wieder vorsichtig um. „Diesmal scheint endlich etwas schief gelaufen zu sein. Wir vermuten, dass man Jennifer und Marko als Mulis einsetzen wollte. Wahrscheinlich deshalb, weil die beiden alleine nach Deutschland zurückfliegen werden. “

Die Geschwister sahen sich betroffen an. Das Gefühl, im Visier einer Schmugglerbande zu stehen, war nicht gerade beruhigend.

Hassan erzählte weiter: „Einer der Helfer,

wahrscheinlich ein Ägypter, hat das Amulett, das übrigens aus einem Museum in Kairo gestohlen wurde und sehr wertvoll ist, in das Gepäck der falschen Familie geschmuggelt. Wahrscheinlich, weil euer Appartement und das der Familie Müller nebeneinander liegen und in beiden Wohnungen zwei etwa gleichaltrige Kinder untergebracht sind."

„Dann ist also jemand bei uns eingebrochen, um uns das Amulett unterzujubeln, nicht um etwas zu stehlen", rief Marko.

„Ja, und diesmal musste Erik offenbar selbst tätig werden, um den Fehler seines Komplizen auszumerzen. Ihr müsst nämlich wissen, dass er immer über alles, was in eurem Appartement geschieht, informiert ist. Im Wohnraum gibt es ein Abhör-Mikrofon und eine winzige Fernsehkamera. Wir haben euer Appartement heimlich überprüft. Jede Familie, die als Muli bestimmt war, bekam diese speziellen Räume zugewiesen. So waren die Leute immer unter Kontrolle. Wir haben von Eriks persönlichem Einsatz in diesem Fall leider erst erfahren, als Ibrahim zum Wachdienst eingesetzt wurde. Da war es schon zu spät. Sonst hätten wir ihn uns bei dieser Gelegenheit geschnappt."

„Jetzt wird mir einiges klarer“, staunte Andrea. „Die Verletzung an Eriks Brust ist dann gar nicht auf einen Surfunfall zurückzuführen, sondern auf den Kampf mit mir!“

„Interessant“, mischte sich Ibrahim ein. „Das haben wir nicht gewusst. Das ist auch ein guter Hinweis.“

„Aber er reicht leider nicht“, warf Hassan ein. „Andrea, wir wollen dich bitten, uns zu helfen, Erik auf frischer Tat zu stellen.“

Andreas Miene verdunkelte sich. „Was könnte ich dabei tun? Er wird mir kaum freiwillig anvertrauen, dass er der Boss einer Schmugglerbande ist.“

„Vielleicht doch“, widersprach Hassan. „Wir wissen, dass übermorgen, wie jeden Donnerstag, ein Mitarbeiter des Clubs nach Hurghada fährt, um Lebensmittel und andere Vorräte zu kaufen. Wenn du, Andrea, dich freiwillig bereit erklären würdest, diese Fahrt zu machen ...“

„... und warum soll das Erik zu einem Geständnis bewegen?“, fragte sie dazwischen.

„Langsam“, warf Hassan ein, „du musst nur im Appartement kurz vor der Fahrt darüber sprechen, dass du dich entschieden hast, das Amulett nun doch mit nach Hurghada zu nehmen, um es der Polizei zu übergeben. Erik muss dann etwas unternehmen, um das zu verhindern. Wenn es unmittelbar vor der Abfahrt geschieht, kann er keinen von seiner Bande schicken, sondern muss wieder selbst eingreifen. Bei dieser Gelegenheit würden wir dann zuschlagen." Er verstummte und sah Andrea fragend an.

„Das ist doch gefährlich", vermutete Andrea, „der Kerl ist bekanntermaßen gewalttätig."

„Lass das unsere Sorge sein. Wir garantieren, dass euch kein Leid zugefügt wird. Ihr würdet uns aber sehr helfen."

„Das müssen wir machen", mischte sich Jennifer ein. „Wenn die armen Leute, die unabsichtlich die Ware transportieren, vom Zoll erwischt werden, kommen sie bestimmt ins Gefängnis, weil man annimmt, sie hätten die Sachen gestohlen. Denkt nur an Herrn Sauer. Wahrscheinlich war er wirklich unschuldig."

Ibrahim hob die Hand. „Er ist inzwischen wieder frei und schon nach Hause gereist."

Die Geschwister sahen ihn erstaunt an. Dann fiel ihnen ein, dass Ibrahim ja zu dem zuständigen Kommissariat gehörte. Deshalb wusste er natürlich auch über diesen Fall Bescheid.

Andrea zögerte noch immer. Aber als Marko meinte: „Jennifer hat Recht. Sagen Sie mir also genau, was ich tun soll!"

Ibrahim und Hassan gaben ihr ein paar Anweisungen, dann verschwanden sie so lautlos, wie sie gekommen waren.

„Mensch, das ist ein starkes Stück", schnaubte Jennifer. „Wir werden diesem Verbrecher das Handwerk legen."

„Moment mal", widersprach Andrea. „Von w*ir* war nicht die Rede. Ich werde das erledigen. Ihr haltet euch da besser raus."

Marko schüttelte energisch den Kopf. „Wir lassen dich nicht alleine nach Hurghada fahren. Wir kommen selbstverständlich mit. Wenn Kinder dabei sind, ist der Gauner bestimmt zurückhaltender."

Andrea war keineswegs dieser Meinung. Es entspann sich eine leise, aber heftige Diskussion.

Schließlich hatte Jennifer das schlagende Argument: „Was ist, wenn du weg bist und ein anderes Bandenmitglied tut uns etwas an? Ibrahim und Hassan sind zu deinem Schutz unterwegs, und wir sind dann ganz alleine!"

Andrea lenkte ein. „Wir müssen aber wenigstens vorher die Polizisten fragen. Wenn die Nein sagen, geht nichts."

Die Geschwister waren einverstanden.

Es bereitete Andrea am nächsten Tag keinerlei Schwierigkeiten, den Auftrag für die Fahrt nach Hurghada zu bekommen. Die anderen Animateure im Club waren ziemlich eingespannt, und die Fahrt in dem heißen Auto durch die Wüste war sowieso nicht sonderlich beliebt. Erik schien keinen Verdacht zu schöpfen.

Am anstrengendsten war es, den folgenden Tag zu überstehen, ohne sich im Appartement zu verplappern. Deshalb hielten sich die drei so wenig wie möglich in ihren Räumen auf. Wenn sie sich etwas zu sagen hatten, dann taten sie es im Badezimmer oder in einem der Schlafräume. Insgesamt war es eine sehr unschöne Situation. Sie waren angespannt und nervös wie Schauspieler vor einem Auftritt und schliefen schlecht.

Mehrmals überlegte Andrea, ob sie die Sache nicht noch abblasen sollte, aber die Geschwister waren entschossen, den Plan auszuführen.

Um sieben Uhr wollte Andrea losfahren, damit sie nicht so in die große Hitze kam. Entsprechend der Absprache mit den Polizeibeamten trafen sich Andrea und die Geschwister wenige Minuten vor der Abfahrt im Wohnraum, dann erklärte Andrea laut: „Jennifer, Marko, ich habe es mir überlegt. Ich werde dieses Amulett mit nach Hurghada nehmen und übergebe es dort der Polizei. Man darf solchen Erpressungen nicht nachgeben."

„Nein, das kannst du nicht tun!", rief Jennifer als sei sie ganz entsetzt.

„Doch, ich habe mich entschieden. Ihr beiden kommt mit, dann können euch die Verbrecher hier nichts tun, während ich weg bin. Bei der Polizei sind wir dann sicher." Sie holte demonstrativ das eingewickelte Schmuckstück aus dem Versteck, dann verließen die drei das Appartement.

Der Ford parkte hinter dem Rezeptionsgebäude. Andrea hatte sich den Schlüssel und die Einkaufsliste sowie eine Wegbeschreibung zum Supermarkt schon am Vortag besorgt. Hastig setzte sie sich hinters Steuer, während die Geschwister auf den Rücksitz kletterten.

„Oh!", rief Jennifer erschrocken, als sie ihre Füße auf eine Decke stellte, die etwas Großes,

Längliches, Weiches im Fußraum der hinteren Sitzbank verbarg.

„Psst, leise", flüsterte es unter der Decke. „Nichts anmerken lassen!"

Erleichtert atmeten die drei auf. Hassan hatte sich im Auto versteckt.

Andrea startete den Motor und fuhr langsam los. Jetzt müsste Erik eigentlich etwas tun. Hatte er ihr Gespräch vielleicht nicht gehört?

In diesem Augenblick tauchte neben der Beifahrertür ein Schatten auf, und Erik riss den Wagenschlag auf. „Ich fahre mit", erklärte er kurz und sprang auf den Beifahrersitz. „Na, fahr schon", fuhr er Andrea unfreundlich an. Sie gab Gas.

Der Clubmanager sprach kein Wort. Er stierte nur zum Seitenfenster hinaus und betrachtete die immer karger werdende Landschaft.

Sie waren etwa fünf Kilometer vom Club entfernt, als der Mann Andrea barsch aufforderte: „Anhalten!"

Sie sah ihn mit gespieltem Erstaunen an.

„Anhalten, habe ich gesagt!", fauchte er und versetzte ihr einen Stoß.

Andrea bremste ab und hielt. „Was soll das?", protestierte sie.

„Gib mir das Amulett!", forderte Erik ohne Umschweife und hielt die Hand auf.

Andrea tat erstaunt.

„Los, mach keine Zicken! Ich weiß, dass du zu den Bullen laufen willst. Ich habe Marko gewarnt. Die kleine Lektion beim Tauchen hat ihm offenbar nicht genügt. Jetzt müsst ihr die Suppe auslöffeln, die ihr euch eingebrockt habt. – Her mit dem Amulett!"

Plötzlich zog er einen Revolver. „Keine falsche Bewegung, ich weiß, dass du mit den Fäusten und Füßen flink wie eine Katze bist. Ich möchte dieses Ding nur ungern benutzen." Er warf den Geschwistern einen finsteren Blick zu.

„Warum machst du so etwas?", fragte Andrea, während sie mit langsamen Bewegungen in ihrer Gürteltasche nach dem Amulett kramte.

„Das geht dich zwar einen Dreck an", fuhr Erik fort, während er seinen Blick auf ihre Hände gerichtet hielt, „aber ich verrat's dir trotzdem: Ich hatte es schlicht und einfach satt, immer zusehen zu müssen, wie es sich die Clubgäste gut gehen ließen und wir Trottel sie von hinten und vorne bedienen mussten. Ich wollte ganz einfach mein Stück vom großen Kuchen abhaben."

„Ich kann nicht glauben, dass du der große Boss sein sollst", sagt Andrea zweifelnd, um ihn zu reizen.

Erik lachte heiser. Andrea hatte seinen Stolz getroffen. „Diese Leute hier sind doch alle viel zu blöde, um so etwas aufzuziehen. Denen habe ich mal gezeigt, was es heißt, richtig zu organisieren. – Aber jetzt her damit", forderte er und winkte mit dem Lauf der Waffe. Andrea hatte das Seidenpapierpäckchen in der Hand.

Dadurch war Eriks Aufmerksamkeit für einen Augenblick abgelenkt. Das gab Hassan, der natürlich alles gehört hatte, die Gelegenheit, sich blitzschnell aufzurichten. Er packte den völlig überrumpelten Erik am Arm und bog die Hand mit der Schusswaffe gegen das Autodach. Sekunden später hatte er ihm die Waffe entwunden.

„Sie sind verhaftet", stellte Hassan mit einem zufriedenen Grinsen fest. „Vielen Dank für das Geständnis. Sie sehen, wir können hier doch ganz prima organisieren." Er ließ die Handschellen um Eriks Handgelenke zuschnappen.

Eine paar Minuten später hielt ein Polizeiauto mit Ibrahim am Steuer neben dem Wagen. Er war dem Transporter im sicheren Abstand gefolgt. Erik musste umsteigen.

„Was sollen wir jetzt machen?“, fragte Andrea, die sehr erleichtert war. Auch die Geschwister hatten gezittert, als sie den Revolver gesehen hatten.

„Wollten Sie nicht in Hurghada einkaufen?“, fragte Hassan und lachte. „Ihre Gäste im Club haben Hunger und wollen versorgt sein. Kommen Sie aber bitte vorher im Polizeipräsidium vorbei, damit wir ein Protokoll aufnehmen können.“ Er drückte Andrea die Hand und winkte den Geschwistern zu. „Vielen herzlichen Dank!“, sagte er. „Ihr wart wirklich großartig.“ Und das klang ehrlich.

Wenig später brauste der Polizeiwagen in einer Staubwolke davon.

Die wenigen Tage, die Jennifer und Marko noch am Roten Meer blieben, genossen sie in vollen Zügen.

Als Andrea sie am letzten Tag ihres Aufenthaltes an den Flughafen brachte, waren sie bedrückt, gehen zu müssen.

„Ich kann euch bestimmt wieder einmal mitnehmen, wenn ich in einem anderen Club arbeite", tröstete sie die beiden.

Als sie auf die Abfertigung zumarschierten, hörten sie Rufe hinter sich. Sie drehten sich um und entdeckten Ibrahim und Hassan, die winkend auf sie zueilten.

„Wir sagen adieu und danke", sagte Ibrahim und klopfte Marko kameradschaftlich auf die Schulter.

„Wir haben noch ein kleines Abschiedsgeschenk für euch", verriet Hassan und brachte ein kleines, in Seidenpapier eingewickeltes Päckchen zum Vorschein.

Neugierig wickelte Marko es auf. Es war ein Amulett des Sonnengottes Re, das auf seiner Handfläche glänzte. Es war dem gestohlenen Amulett zum Verwechseln ähnlich. Erstaunt sah er die beiden Polizisten an.

„Keine Sorge, das Teil ist nicht echt", erklärte Hassan, „aber das macht ja nichts. Es soll euch immer an euer Abenteuer am Roten Meer erinnern."

Jennifer konnte es nicht lassen. In letzter Minute holte sie ihren Fotoapparat hervor und alle mussten sich noch einmal von ihr ablichten lassen.

Dann ging es zum Zoll. Ibrahim zeigte dem Beamten seinen Polizeiausweis vor. Der Zöllner winkte nur. Ohne Kontrolle konnten die beiden durchmarschieren.

Sie winkten, bis sie Andrea und die Polizeibeamten nicht mehr sehen konnten.

Als Jennifer vom Zubringerbus aus das Flugzeug sah, das sie wieder nach Deutschland bringen sollte, machte sie ein besorgtes Gesicht. „Marko, weißt du, ob der Sonnengott auch gegen Übelkeit und Luftlöcher hilft?"

„Das wahrscheinlich nicht", meinte Marko lachend. „Aber die Schmuggler hat er ganz schön in Schach gehalten, findest du nicht?"

GÜNTER HUTH

Club Paradiso

Entführung auf See

Jennifer und Marko fliegen nach Mallorca, um ihre Tante Andrea zu besuchen. Sie arbeitet dort als Animateurin im Club Paradiso. Aber kaum sind die Geschwister angekommen, geraten sie in einen mysteriösen Fall: Der dreizehnjährige Tino ist spurlos aus dem Club verschwunden! Die Geschwister wollen den Vermissten aufspüren. Doch bei ihren Ermittlungen geraten sie in eine Falle ...

JAN FLIEGER

Club Paradiso

Das Labyrinth in den Klippen

Der Club Paradiso auf Kreta ist Ziel der Reise von Jennifer und Marko. Bei ihrer Ankunft herrscht helle Aufregung: In der Anlage wird gestohlen, ein Diamantring ist verschwunden! Heiße Spuren führen Jennifer und ihren Bruder zu einem Höhlenlabyrinth in den Klippen. Dort machen sie eine unglaubliche Entdeckung ...

SCHNEIDER BUCH